O —

editora Urutau

rua maestro demétrio kipman, 210,
jardim américa, bragança paulista — sp,
brasil
12902-130

avenida peirao besada, 6 – 2D
36163 poio-pontevedra
(espanha)

[+34] 644 951 354 [espanha]
[+55] 11 9 4859 2 426 [brasil]

www.editoraurutau.com.br
contato@editoraurutau.com.br

[EDITORES]
tiago fabris rendelli & wladimir vaz
[COORDENAÇÃO DE REVISÃO]
debora ribeiro rendelli
[REVISÃO]
maria do carmo ribeiro leal
[CAPA]
wladimir vaz
[DIAGRAMAÇÃO]
victor prado

dados internacionais de catalogação na publicação (CIP)
de acordo com ISBD

kalume, yussef francis.

Y95e ensaio sobre o fim / yussef francis kalume. - bragança paulista: urutau, 2021. 152 p. ; 14cm x 22cm.

ISBN 978-65-5900-105-7

1. Literatura brasileira. 2. Prosa. 3. Contos. I. Título.

CDD 869.8992

2021-2619 CDU 821.134.3(81)

elaborado por vagner rodolfo da silva - CRB-8/9410

ENSAIO SOBRE O FIM

YUSSEF FRANCIS KALUME

[primeira edição]
URUTAU
agosto de 2021

SUMÁRIO

ORA PRO NOBIS

Marília sempre imaginava o pior. Acordara naquela manhã com um caroço no mamilo esquerdo e correu para o hospital, certa de que era câncer:

— Apareceu da noite pro dia — explicou ao médico que não teve a menor dúvida:

— É um carrapato!

Porém, ao tentar removê-lo de seu peito, o bicho soltou um berro estridente que mais lembrava o zumbido de uma muriçoca. Não fazia o menor sentido, pensou o médico. O carrapato chorava! Examinou uma, duas, três vezes aquela coisinha miúda, menor que uma azeitona, presa à ponta da pinça. Com auxílio de lupa, conferiu pela última vez, antes de dar a intrigante notícia:

— É um bebê! — anunciou o médico, perplexo.

Marília nem sabia que estava grávida. A menstruação não descia há dois meses, mas, até aí, achava que era devido à pílula. Aliás, não parecia incomodá-la o fato de ter engravidado, mesmo tomando pílula; tampouco achava estranho o seu parto incomum. Só havia uma coisa que lhe interessava naquele momento:

— É menina ou menino? — perguntou, quase que por impulso, mas ainda não era possível precisar o sexo do bebê. O médico só tinha uma certeza:

— Não é carrapato!

Nasceu na madrugada — enquanto Marília dormia, sem nem saber que esperava um filho — e rastejou pelo corpo da mãe, rolando e se contorcendo como um verme, para, enfim, alcançar o peito. Ali permaneceu grudado, tendo o mamilo por cordão umbilical, mamando ininterruptamente até completar a sua formação. A avó veio de Belo Horizonte para ajudar a filha e cismou que Marília estava anêmica. Só podia! O peito estava esfolado! Além do leite, aquela criança estava mamando o seu sangue junto. Talvez fosse realmente um carrapato...

A avó, como boa mineira, passou a preparar uma variedade de comidas, tudo à base de ora-pro-nóbis: sardinha com ora-pro-nóbis; feijão com ora-pro-nóbis; omelete com a casca do ovo junto e ora-pro-nóbis; suco de beterraba com couve e ora-pro-nóbis; sopa de ora-pro-nóbis; ora-pro-nóbis purinha... Da galinha, com ora-pro-nóbis, aconselhava roer a parte mole do osso para repor o cálcio. Para o ferro, mais ora-pro-nóbis.

E nada conseguia fazer o bebê largar do peito. Ficou lá grudado durante todo o período do que seria uma gestação comum. A mãe pôde acompanhar aquele pequeno embrião desenvolver-se até tomar a forma de um bebê — pronto para ser parido — aliás, um menino. Com nove meses exatos, já com os ossos bem formados, livrou-se finalmente do peito, arrotou como gente grande e pronunciou suas primeiras palavras: "Ora-pro-nóbis!". Depois disso, saiu correndo pela sala.

Só então, a mãe percebeu que ainda não havia pensado em um nome. Tudo aconteceu tão rápido... Talvez por isso, passada uma semana, o menino já sabia pronunciar perfeitamente as palavras guardanapo, liquidificador e helicóptero, mas nada de falar "mamãe". Somente quando ela decidiu-se pelo nome de Gabriel é que o filho passou a chamá-la, não de mãe, mas pelo nome, Marília, como forma de protesto por terem escolhido o seu nome sem consultá-lo. Porém, na hora de registrá-lo em cartório, o moleque reivindicou como adulto, esperneou como criança e chorou feito bebê, até conseguir o nome que escolhera. Exceto por uma pequena alteração sugerida pela mãe, saiu de lá chamando-se Horácio Pronóbis Barbosa, filho de Marília Diniz Barbosa; de pai desconhecido e data de nascimento confusa. Decidiram, por fim, contar a partir do dia de seu desmame.

Sobre o pai, Marília não tinha a menor ideia. Nem mesmo sabia o tempo exato que durou a gestação. Só soube quando o menino apareceu no peito. Era impossível calcular em que dia aconteceu, daí, lembrar com quem esteve. Supondo uma margem de quatro meses, não lhe veio nenhuma situação provável, salvo uma brincadeira com a amiga, ou seja...

Para o menino, no entanto, isso jamais foi uma questão. Nasceu sem pai; nunca viu um; não sabia o que era, nem se importava. Era como uma palavra que não existia, por isso, para que inventá-la? E com apenas um mês após o desmame, Horácio já sabia falar quase tudo, menos a palavra pai. Por último, aprendeu a dizer "mamãe", assim que começou a ler. Como primeiro livro, escolheu o dicionário. Lia somente as palavras, sem os significados, preferindo criar sua própria versão do mundo, antes de voltar a ler qualquer outra coisa.

Seu primeiro grande impasse veio no natal. Se não existia pai, tampouco fazia sentido um Papai Noel. Era o Coelhinho da Páscoa quem cagava os presentes na árvore. Já quem entregava os ovos de chocolate eram São Cosme e Damião. Tratando-se de gêmeos, tinham dois dias no ano para distribuírem doces. Na Páscoa, o Coelhinho só era chamado quando precisavam pôr brinquedos dentro dos ovos. E foi assim que inventaram o Kinder Ovo: o casamento perfeito entre a Páscoa e o Natal.

Horácio nem mesmo gostava de chocolate, muito menos de ovo. Tinha um gosto um tanto peculiar para uma criança de sua idade. Comia cebola e pimentão como quem come maçã e só gostava de um tipo de carne: bife de fígado. Também tinha mania de petiscar joaninhas no jardim. Das folhas, só apreciava o coentro e, talvez, fosse a única pessoa no mundo que achava a noni, a fruta mais deliciosa que existia. Curiosamente, jamais experimentou ora-pro-nóbis, pois achava desrespeitoso.

Das brincadeiras, a que mais gostava era a de contemplar. Procurava explicação para tudo, sem perguntar a ninguém, nem mesmo à mãe. O grande barato era encontrar as respostas por ele mesmo.

Se perguntasse, perdia a graça. E, conforme os olhos desbravavam o mundo, Horácio o reconstruía à sua maneira.

Desvendado o mistério do Natal e da Páscoa, passou a questões mais complexas: descobriu que a Terra não era redonda, muito menos plana, mas uma pirâmide, que tinha o seu vértice no Everest — Polo Norte — e a base no Pantanal — Polo Sul — positivo e negativo; quente e frio. Que o arco-íris era quem tingia o mundo de colorido, quando o sol batia na terra e a transformava num prisma. Que a cor verdadeira das coisas só podia ser vista à noite e que a lua era o olho de Deus, observando quem dormia e desenhando sonhos. As estrelas seriam cada um desses desenhos, expostos na galeria do céu. Quando um sonho era enviado, virava estrela cadente. Por isso é que fazem pedidos às estrelas cadentes: na esperança de resgatar o sonho perdido quando se está acordado.

Sobre os relâmpagos, elaborou duas teorias: a primeira, seria Deus rasgando os desenhos de que não gostava. O relâmpago era o rasgo; só não sabia se o trovão vinha de Deus reclamando ou amassando o papel.

A segunda versão lhe veio quando viu, pela primeira vez, o mar. Imaginou-o dividido em dois: um formado pelo pranto acumulado de todas as pessoas do mundo — das que existem e das que já não existem mais — e, por isso, salgado; o outro, suspenso no ar, seria responsável pelo azul celeste. Sendo a vida lá em cima mais feliz, suas águas tornaram-se doces. Os relâmpagos eram rachaduras no céu — causadas pelo peso do mar — por onde suas águas escorriam em forma de chuva; e o trovão, o barulho que o céu fazia ao se partir...

A constatação disso também lhe caiu do céu, como a chuva, mais precisamente quando um meteoro atingiu o terreno do vizinho. Soube, ali, que estrela cadente e meteoro eram a mesma coisa. De perto, nem brilhava tanto quanto um sonho. Era somente uma pedra, todavia, posta por fundamento: o relâmpago era, de fato, uma rachadura no céu e, as estrelas cadentes, seus fragmentos.

Vendo sua teoria dos sonhos cair por terra, qual o meteoro do vizinho, esqueceu-se do céu por um tempo e passou a observar os bichos. Acreditava que, na natureza, todos os seres sofriam metamorfose. Que os morcegos, quando a velhice chegava e se cansavam de voar, penduravam-se numa árvore e viravam preguiças. Já as muriçocas, quando cresciam, tornavam-se beija-flores. O escorpião migrava pro mar e se transformava em lagosta. O peixe-boi seria uma larva de hipopótamo; enquanto o rinoceronte era um escaravelho já adulto que, na pré-história, fora um tricerátops. Porém, quando sua mãe lhe falou que as lagartas transformavam-se em borboletas, Horácio achou absurdo:

— Até parece! Lagarta, quando cresce, vira cobra!

Havia, porém, uma única questão sem resposta, que surgiu de uma pergunta feita pela avó:

— O que você vai ser quando crescer?

Todos os seres sofrem metamorfose. Nesse mundo em transformação, o que acontece aos seres humanos? O que se tornam quando crescem? A resposta lhe veio anos mais tarde, algumas semanas antes de prestar o vestibular. Horácio trancou-se no quarto e lá ficou por dias, até o seu corpo inteiro ficar envolto em fios de seda, forjando um casulo, de onde saiu com duas grandes asas de mariposa e voou em direção à lua, sob o olhar de Deus. Uma lagarta pode até virar borboleta, mas Horácio transformou-se em anjo, alcançou os céus e virou estrela.

CINCO DESEJOS

Se fosse na escravidão, certamente, Maria Nicoleta a amarraria no tronco, todas as manhãs, só para humilhá-la; mas os tempos eram outros e a senhora contentava-se em atormentar a pobre Diná com seus caprichos domésticos. Exigia dela que a acordasse, todo santo dia, com uma bandeja de café da manhã na cama e, mais tarde, acordá-la novamente para o almoço; servir a mesa; recolher a mesa; ligar o aquecedor do chuveiro; enxugá-la após o banho; untar seu corpo com hidratante; pentear os cabelos; coçar suas costas... Servi-la de qualquer coisa a qualquer hora que tocasse seu irritante sininho de prata.

Das tarefas a que se submetia, a que mais detestava era vestir a patroa para seus passeios noturnos com Jorge, o chofer, com quem Diná era casada. Punha longos vestidos caros, cheios de abotoaduras; perfume francês, penteado exorbitante... Tudo pelas mãos de Diná: laços, botões, grampos...

Nada de joias. Somente um antigo medalhão, o qual não era permitido ser tocado por ninguém. Como a madame não sabia vestir-se sozinha, nunca o retirava do pescoço.

Pediu para que Jorge entrasse, com Diná ainda prostrada, lustrando os sapatos já calçados em seus pés:

— Que tal, Jorge? Não estou bela?

Diná, com seu ridículo uniforme de trabalho, engolia tudo aquilo a seco, certa do amor de Jorge, para quem, ao contrário da madame, despia-se.

— Vamos Jorge, não quero me atrasar! — apressava, mesmo sabendo que ninguém a esperava.

Seus passeios resumiam-se a pequenas voltas de carro pelo campo. Nenhuma pessoa naquela pequena cidade gostava de Maria Nicoleta e, com exceção do médico, jamais recebera uma visita em casa. Da sua família, conheceu apenas o avô, imigrante nascido na Romênia, de quem herdara a propriedade e o medalhão, segundo o velho, fonte de todas as suas riquezas: uma pequena fortuna em terras, agora, legada à neta. Noutros tempos, aqueles campos estariam cheios de escravos trabalhando nos cafezais e, ela, ostentando o título de baronesa. Mas o baronato deixou de existir na primeira república e a escravidão um pouco antes, embora Nicoleta não se atentasse a isso.

Assim, isolava-se em seu pequeno palacete junto aos dois únicos empregados da casa. Não ia a restaurantes; não frequentava o café, nem os bailes. Evitava lugares públicos e jamais tinha ido à missa. Talvez, por isso, existiam tantos boatos maldizendo o seu nome. Diziam que Nicoleta tinha feito um pacto com o tinhoso e que com ele se deitava nas luas cheias, por isso nunca casou. E que toda noite era possível vê-la passeando de carro para enterrar seus bebês abortados no campo. Mas isso eram histórias supersticiosas daquele povo do interior — não, de todo, equivocadas; apenas exageradas.

Maria Nicoleta nunca havia se deitado com o diabo. Aliás, nessa época, ela nem o conhecia. Não havia se casado, simplesmente, por ser uma pessoa intragável, cuja altivez não permitia enxergar nenhum pretendente à altura. Ou, talvez, não quisesse. Contudo, nutria, em segredo, um amor doentio por Jorge — ou algo que ela acreditava ser amor — o que, no fundo, não passava de despeito por Diná.

Todavia, embora não tivesse intimidades com o demônio, sempre guardou consigo a chave para invocá-lo, presa ao pescoço, forjada em ouro maciço, com os seguintes dizeres em latim: *Quinque desideria commutationem pro sacrificium* — ou algo parecido. Bastava uma gota do próprio sangue e fazer o pedido. Ao final de cinco desejos realizados, um sacrifício.

Acontece que, naquela noite, durante o passeio, Nicoleta resolveu abrir seu coração para Jorge, investindo-lhe um beijo. Ele, na timidez comum a quem se vê entre o emprego e o assédio, apenas virou o rosto, sugerindo que voltassem para casa. Se fosse em outra época, seria brutalmente açoitado por sua insubordinação, mas, ao invés disso, a senhora manteve-se em silêncio durante todo o regresso ao casarão. Numa postura quase napoleônica, apertava o medalhão contra o peito com tanta força — como quem tenta tapar o rompimento de uma barragem com as mãos — que acabou ferindo-se com a própria joia, manchando-a de sangue. Quem era ele para recusar um beijo seu?

Chegando em casa, uma estranha visita a aguardava à porta: um jovem de cabelos longos e ruivos; íris tão claras que quase não se distinguiam do branco do olho. Até poderia se passar por Jesus Cristo, ou a imagem europeia que fizeram dele. Se fosse antigamente, Maria Nicoleta mandaria pregá-lo numa cruz pela inconveniência de sua visita àquela hora. No entanto o forasteiro a recebeu sorridente como se fosse um velho conhecido:

— Estava a tua espera! — disse o jovem, precipitando-se em abrir a porta do carro para a madame. Ela saltou do veículo, mas recusou estender-lhe a mão para sair.

— Quem é o senhor?

— Digamos que um amigo de seu avô — respondeu-lhe, tomando o medalhão de suas mãos e limpando o sangue já coagulado.

Entendendo os propósitos daquela visita, a senhora ordenou a Diná que preparasse um chá, convidando o estranho para que entrasse. Sentados à mesa, enquanto acertavam os termos do pacto, Maria Nicoleta elaborava, em sua mente ansiosa, qual seria o primeiro pedido a ser feito, deixando a história do sacrifício para pensar depois.

— Aquele rapaz que dirigia o carro... Quem é? — quebra o silêncio, o visitante.

— Qual o seu interesse nele? — perguntou Nicoleta, não por desconfiança, mas por temer que a história de sua rejeição se espalhasse.

— Meu interesse??? Na verdade estou aqui pelos teus interesses.

— E quais seriam os meus interesses?

— Oras, minha senhora! Achas que não te conheço? Que não sei de teu sentimento pelo qual vives a atormentar a pobre empregada? A inveja é o meu maior trunfo e tua cobiça, louvável. És capaz de qualquer coisa por ele, não?

Maria Nicoleta, envergonhada em ter seus segredos revelados, tinha por certo o que queria, só não estava claro como pedir. Foi quando Diná adentrou a sala para servir o chá:

— Vou aguardar lá fora. Qualquer coisa é só tocar o sino.

Tendo dito isso, Diná deixa a sala em direção ao casebre onde mora, nos fundos da mansão. Suspeitando de que Jorge pudesse expô-la ao ridículo, contando a Diná o que havia se passado naquela noite, Maria Nicoleta sai nas pontas dos pés, a fim de ouvi-los por detrás da janela. Passados alguns minutos e nenhuma palavra pronunciada, salvo algum "eu te amo" no meio de suspiros e gemidos. Se lhe fosse permitido, Nicoleta venderia Diná a qualquer outro senhor, só para vê-los separados, mas, diferente disso, retorna à sala decidida do que haveria de pedir:

— Quero que Jorge seja meu marido!

— Marido?

— Sim! Marido. E que ainda essa manhã ele acorde em minha cama!

— Pois bem — disse-lhe olhando no fundo dos olhos — seu desejo será atendido.

Na manhã seguinte, Maria Nicoleta acorda como quem bebera um tonel de vinho ruim. Virou-se para pegar um copo d'água sobre a mesinha de cabeceira quando percebeu a presença de Jorge, ali, dormindo. Não havia lembranças do primeiro beijo, nem dos votos de casamento, nem da noite de núpcias. A coisa aconteceu assim, pelo meio, e mal havia começado, já estava no fim. Inclinou-se para beijá-lo, ao que ele, soltando algum murmúrio, voltou-se para o outro lado e levantou da cama:

— Estou faminto. Preciso comer algo.

No café da manhã, permaneceu calado, sem jamais levantar o olhar à esposa. Nicoleta tentava puxar alguma conversa sobre qualquer assunto, mas ele simplesmente a ignorava. Concentrado no tecido branco da mesa, parecia percorrer todo o seu interior, talvez, em busca de lembranças: o que fez no dia de ontem? Que horas havia dormido? O que andou bebendo pra acordar com tanta ressaca? Era como se a sua consciência tivesse nascido no momento exato que abrira os olhos naquela manhã. Existia apenas uma vaga lembrança de uma história não vivida e que seguia assim, sem nunca ser recordada.

O silêncio é interrompido ao badalar irritante daquele sino, que mais parecia um chicote nas mãos de Maria Nicoleta. Nesse momento, ao ver Diná servindo a mesa, a alma de Jorge parece retornar ao corpo:

— Já tomou café? — perguntou, puxando uma cadeira para que se ajuntasse a eles no desjejum.

Maria Nicoleta, claro, foi logo ordenando tarefas:

— Prepare ovos fritos e torradas na manteiga! — ao que Jorge levantou-se para ajudá-la.

À noite, como de costume, Diná esquentou a água pro banho da senhora; penteou seus cabelos, embalsamou o seu corpo e ajudou a prender a cinta-liga à lingerie mais sexy que a patroa possuía. Diferente das outras vezes, Nicoleta dispensou a empregada para receber, sozinha, o marido na cama. Após longa espera, ele entrou nos aposentos para pegar as chaves do carro.

— Tô indo dar uma volta no campo!

Lá fora, ouviu Jorge convidar Diná para acompanhá-lo no passeio, o bater das portas e a partida do veículo. Frustrada, tomou o medalhão em suas mãos e resolveu ter com o diabo para lhe reclamar. Uma gota de sangue e lá estava ele, sentado à sua janela:

— Tão rápido assim e já quis me ver? Sentiu saudades?

— Zombas de mim?

— De maneira alguma. O que desejas?

— Quero anular o primeiro pedido!

— Esse é o teu segundo desejo?

— Não! É uma devolução do anterior. Não estou satisfeita.

— Sinto muito, madame, mas um desejo concedido não pode ser revogado!

— Que desejo? Não foi isso o que desejei!

— Pediste para que ele fosse teu marido e assim sucedeu, certo? Olha — disse-lhe, apresentando um documento em mãos — até o certificado de matrimônio existe, registrado em cartório e com divisão de bens!

— Oras! Que vantagem tenho em dividir meus bens com um pé-rapado como aquele? E de que me vale um certificado de casamento se o idiota continua amando aquela infeliz? Desejo que ela morra!

— Infelizmente, até um diabo como eu tenho as minhas limitações. Não detenho o poder de criar, nem de destruir a vida; mas posso induzi-la ao suicídio, se preferir. Porém, depois de tudo o que ela já suportou trabalhando nessa casa, tenho por certo que nada mais a convenceria de tirar a própria vida. Outro porém: não tenho poder nenhum sobre o amor, desconheço-o por completo, não me pertence.

— E para que me serves, se o que quero não podes conceber?

— Reformula teus pedidos; joga com as possibilidades...

— Mas o que ele vê nela que eu não tenha?

— Já é um bom começo.

Maria Nicoleta levantou-se da cama, vestiu um roupão — aliás, estava de lingerie e cinta-liga na frente do demônio e isso, obviamente, não era postura adequada para uma dama como ela.

Bem irritada, revirou todas as possibilidades em sua cabeça obcecada com a persistente pergunta: "O que ela tem que eu não tenho?"

— Já sei! — interrompe o fluxo de pensamentos — Tomarei o lugar dela.

— É o que desejas?

— Sim. É o que quero.

— Assim seja!

Nicoleta deitou-se e dormiu. Acordou procurando tocar o irritante sino para que lhe fosse servido o café na cama. Foi quando se deu conta de que amanhecera num quarto estranho, minúsculo, com cortininhas feitas de tule, num tom róseo e de gosto duvidoso. Na parede, um espelhinho pendurado, algumas manchas de infiltração e uma pequena prateleira, com uma vela e um rádio-relógio marcando dez da manhã. Que lugar era aquele? Como havia chegado lá? Como conseguiu dormir naquele colchão velho, num quarto cheirando a mofo de tão úmido? Até que ouviu um badalar familiar de sino, vindo do lado de fora, quando, da pequena janela de cortinas rosadas, pôde avistar os fundos de sua mansão. Só assim soube onde estava. Aquele era o quarto de Diná, embora num ângulo diferente do que era habituada a ver. Os patrões nunca conhecem os locais insalubres a que submetem seus empregados.

Ao entrar na casa grande, viu que Diná e Jorge já tomavam o café da manhã, sentados à mesa, falando dos sonhos... Maria Nicoleta manteve-se escondida atrás da porta e foi logo reparando um de seus vestidos caríssimos em Diná — e que, por sinal, lhe caía muito bem; e que, aliás, sabia vestir-se sozinha. Sobre a mesa, o sino. A vontade era de matá-los, mas, nas atuais condições — não sendo mais a senhora — certamente seria condenada pelo assassinato dos patrões. Sempre condenam os empregados. Logo, foi até o faqueiro e, com toda fúria, abriu um corte na palma de sua mão, lambuzando o medalhão com o sangue.

O diabo tornou a aparecer, só que, dessa vez, com chifres. Vários chifres. Chifres até no nariz. Mas Nicoleta, de tão furiosa, nem reparou:

— Por que desperdiças as oportunidades? — perguntou o diabo.

— Mas você não entendeu nada do que pedi.

— Tu que não pediste nada como entendias: sabes o que quer, mas não sabes pedir, pois sempre deste ordens. Se o que queres é o Jorge, por que te concentras na Diná? "Quero o lugar dela!", foi o que me disseste. E não foi o que fiz? Te dei tudo o que era de Diná, até a sinusite, menos aquilo que está fora do meu domínio: o amor de Jorge. Sobre isso, já havia alertado: não é meu departamento, não sei nem o que é!

— Se não conhece o amor, o que me diz do ódio?

— Sim. Está no menu.

— Então este é o meu desejo: que ele a odeie!

— Isso é fácil.

E saiu o diabo ao encontro de Diná, sofrendo uma transformação a cada passo dado em sua direção: os chifres caem-lhe no rosto, convertidos em cabelo, a cor dos olhos, a postura... pouco a pouco, mais parecido com o Jorge. O verdadeiro havia subido ao quarto para pegar as chaves do carro, quando o diabo, aproximando-se da esposa, tocou-lhe o suave pescoço e ali mesmo, sobre os restos de café da manhã deixados na mesa, deitaram-se.

Ao retornar com as chaves, Jorge os flagra, em choque: uma lágrima congela em seus olhos, uma mordaça invisível entre os dentes. O diabo, já com outra fisionomia, olha-o dentro da alma, sorrindo. Algo de terrível Jorge deve ter enxergado naqueles olhos, pois saiu dali correndo feito um louco, cruzando os campos até se perder na mata.

Dizem que nunca mais tornou o juízo. Que deixou de falar, inclusive, de andar que nem gente. Que morava nas árvores, como um animal selvagem e, volta e meia, era visto abatendo o gado da região. Uma senhora chegou a dizer que o viu chupar todo o sangue de um cabrito. Outro, que havia estripado uma vaca.

— Ele entra no galinheiro e come os pintinhos! — comentavam as crianças.

— E pega as criancinhas malcriadas! — alertavam os pais, em causa própria.

Diziam também que dormia com uma onça negra e que, à noite, era possível vê-los comer seus filhotes nos campos. A verdade é que Jorge realmente enlouquecera e nunca mais havia sido visto nas proximidades da residência. Maria Nicoleta continuou com a Diná trabalhando em sua casa. Não preciso dizer que o quarto pedido, já realizado, foi voltar a ser a patroa. Agora, restava apenas mais um e, por isso, mantinha a empregada bem próxima, caso precisasse dela para o sacrifício.

Uma noite, Nicoleta saiu para caminhar sozinha nos campos. Não usava seus longos vestidos, seus perfumes caríssimos e preferia fazer os passeios a pé. Foi quando reconheceu Jorge ali parado, contemplando o espaço como se uivasse à lua. Cabelos que se confundiam à barba, que se misturavam à lama que cobria quase todo o corpo nu. Lambia a própria pele, como fazem os gatos quando se asseiam. Ao lado, penas e restos de uma galinha abatida.

Maria Nicoleta ficou quieta, observando de longe, com o medalhão em mãos, passando-o pela nuca, descendo por entre os seios, contornando o umbigo; acariciando as coxas, por baixo de seu vestido... vendo-o lamber-se: o corpo nu, selvagem... tão fora da razão... Talvez, assim — somente assim — ele pudesse ser seu, ou talvez o pusesse numa jaula. Noites de lua cheia, dias de *lua vermelha*; um último desejo que valha o sacrifício.

O diabo lhe apareceu, vindo da mata, em forma de onça negra e chamas nos olhos, a quem, Maria Nicoleta, sem pestanejar, foi logo exigindo:

— Quero que ele me olhe qual uma besta selvagem olharia, que me deseje como as feras!

Neste exato momento, os ventos mudam de direção. Jorge, dilatando as narinas, pesca odores no ar; saliva, lambe os lábios. Mantendo nela o olhar fixo, corre em sua direção — não como um humano correria, mas algo entre um felino e um primata — lançando-se sobre o seu corpo que o aguardava de braços abertos, boca ao pescoço, dentes rasgando a pele, rompendo artérias, devorando a carne e as entranhas... As suspeitas, como sempre, recaíram sobre a pobre da Diná, que acabou sendo presa e condenada pelo assassinato da patroa. Jorge, por sua vez, foi morto por fazendeiros locais, após devorar alguns porcos na região.

Dizem que, até hoje, se pode ouvir o sino de Maria Nicoleta ressoando pelo antigo casarão abandonado, invadindo os campos, apavorando quem o ouve, como sempre fazem os sinos.

DISTRAÇÕES

"Deus fez o ser humano à sua imagem e semelhança" — pensei: Deus é parecido com quem crê nele e com aquilo que acreditam dele. Ou dela, já que é à semelhança de quem acredita. No entanto ela acreditava diferente. Seu pensamento, como bióloga, ia muito além:

— Isso faz com que os seres humanos se sintam superiores aos outros seres.... e quem disse isso?

Ela tem razão, reflito, embora lhe pareça um tanto desatento. Todos nos distraímos às vezes. Aliás, me distraio agora. Retomando o assunto: ela, em sua indignação, retruca a lógica do meu pensamento:

— Quem disse que o ser humano é superior aos outros seres?

Sim, ela está coberta de razão. Quem disse isso? Humanos falam sobre deuses, já os cães uivam à lua. Se estes últimos escrevessem a Bíblia, o Gênesis seria outro. Primeiramente, Deus teria feito os lobos, mas, punidos pelo abate de alguns animais no paraíso, criou o ser humano e a coleira. Por sinal, foi essa uma das minhas brigas com a igreja: a afirmação de que os animais não possuíam alma. No entanto fiz o mesmo com a biologia quando me disseram que os seres humanos também não. E com a sociologia, por dizer que tudo era social e a psicologia, por tudo ser instintivo. Eu, no momento, acredito que tudo é mágico, mas brigo com a realidade ao perceber que tudo é político.

O que é a alma senão a mente. E o que é a mente se não nos mente? Somos tão seletivos com o que queremos ver... Eu, por exemplo, a vejo na multidão... Ela só consegue ver a multidão, fugindo de conhecidos, dos olhos com línguas. Nos amamos na entoca, como um casal de dois solteiros numa "não-relação" fechada que ela nega chamar de namoro. É tudo uma questão de percepção, conforme os olhos querem ver.

Se Eva tivesse escrito o Gênesis, certamente, contaria que um dia, feliz consigo mesma, tocava o próprio corpo, quando, distraída, a Deusa furtou-lhe um dos dedos e fez o homem. Sem nunca ter caído na lábia da serpente, jamais entendeu a imposição de tal castigo. Passou a sumir na mata, por entre as macieiras, simplesmente para ter um momento sozinha.

Às vezes, me sinto como esse Adão: carente em pleno paraíso, pensando ser um presente divino, mas não passo de um mero consolo; um dedo furtado — e lhe restaram tantos outros... Os dedos entre seus seis lábios... Oito, quando se unem aos meus. Gosto quando os dedos se encontram a outros dedos num abraço, um afago no rosto, deslizam pelo corpo e apertam algumas partes. Gosto quando estão dentro dela e quando me colocam dentro dela, me puxam os cabelos, me arranham as costas...

Se fosse eu a escrever o Gênesis, diria que Deus criou o homem e a mulher ao mesmo tempo, extraídos da raiz de uma árvore qualquer, cujos frutos não eram proibidos e, assim, dos dois juntos, fez-se o paraíso.

OS FILHOS DA NECROFILIA

Ouvi falar de um lugar onde se acreditava transferir parte de sua energia vital a alguém que acabava de morrer, fazendo sexo com o cadáver. Assim, o morto não perderia o vínculo com os vivos. Contavam histórias de viúvas que engravidaram de seus falecidos e até de choros, vindos do cemitério, de crianças nascidas debaixo da terra e que só cessavam quando estas eram desenterradas.

Com exceção dos lábios levemente azulados e da bizarra ideia de que seus membros permaneciam vivos mesmo depois de decepados do corpo, os pequenos zumbis — como eram chamados os filhos dos necrófilos — levavam uma vida comum como crianças comuns, com brincadeiras comuns, comendo coisas comuns. Umas gostavam de chocolate, outras detestavam pimentão... Jogavam bola, videogame, comiam pipoca assistindo ao filme. Cresciam, bebiam cerveja, fumavam baseado, se apaixonavam... Muitas nem sabiam que eram zumbis, até chegarem à puberdade. Acontece que, ao primeiro contato sexual, a libido confundia-se a outros apetites, aflorando nelas um incontrolável desejo por carne humana.

Na cidade, todos ficavam sabendo quem perdia a virgindade: bastava o namorado ou a namorada de alguém desaparecer. Uma orgia naquele lugar era uma verdadeira carnificina. Acreditava-se, no começo, que a questão do canibalismo entre adolescentes tratava-se de um novo surto de sífilis, ou algo assim. Porém, sem nenhuma medida preventiva — já que, além dos hormônios borbulhando em seus corpos, os zumbis também sentiam fome —, as autoridades passaram a incentivar os jovens a usarem preservativo bucal: uma espécie de prótese dentária, feita de borracha, para evitar que fossem devorados, ou devorassem seus parceiros.

Se já era difícil fazê-los usar a camisinha, imagina amordaçá-los com aquilo! Passado algum tempo, mais da metade daquela população era formada por zumbis.

Soube de um caso entre dois adolescentes, um filho de viúva e uma nascida do túmulo, que se apaixonaram e se amaram tão intensamente — entre abraços, beijos e mordidas — que deles restaram apenas duas bocas meio azuladas, mordendo os lábios uma da outra... ou beijando-se, ou comendo-se... Famintas.

SOBRE BARDOTOS, ZEBRAS E BURROS

O pangaré relinchava tanto que parecia debochar, a gargalhadas, daquele pobre homem. A carroça, aquela gaiola maldita, jazia aos pedaços espalhados no asfalto e o seu dono estava ali, paralisado, com o chicote ainda em punho. O susto entalado na garganta conseguia escapar pelos olhos, arregalados, sem saber se chorava ou fugia. De um lado, os destroços da carroça; do outro, o automóvel destruído na colisão. Coitado! Como iria pagar por aquilo? Não tinha nem o suficiente pra botar comida em casa, quanto mais... Passava o dia dando duro, juntando papelão na rua em troca de uma merreca. Também carregava entulhos, mudanças... tudo que trouxesse um dinheirinho extra. Agora, quem pegava pesado mesmo era o pobre animal que arrastava a carroça pela cidade inteira e ainda era punido a chicotadas, mesmo quando o erro não era seu — e nunca era.

Naquele dia, resolveu cruzar uma avenida movimentada sem mesmo olhar pros lados. Lançou-se às cegas — com a carroça carregada de entulho — percebendo, tarde demais, o carro que vinha em alta velocidade:

— Corre, burro! — gritou o carrasco com o chicote, castigando o lombo do animal.

O bicho ficou endiabrado! Atravessou a rua, subiu na calçada e, deixando a carroça sobrar na pista, parou. O homem, desesperado, aplicou-lhe mais três chibatadas bem dadas:

— Bora! Corre, mula desgraçada!

O animal, porém, não deu um passo sequer. Com a maior tranquilidade do mundo, encarou-o com certo desdém, apontando com a cabeça o carro que se aproximava.

— Corre você, pois já estou a salvo!

O impacto foi inevitável, só deu tempo de pular da carroça. Do automóvel, desceu um sujeito baixinho, de bochechas rechonchudas que lhe davam um ar cômico, mesmo estando furioso.

— Não sabes guiar teu burro?

— Até tentei, mas ele ficava me batendo com o chicote... — antecipou-se o equino, aproveitando a mudez de seu dono ainda em choque.

Acontece que aquele homem era proprietário de um pequeno circo falido e mal podia acreditar no que via. Era a mina de ouro que procurava, pensou, achando justo levá-la com ele, já que o carroceiro não tinha como pagar os danos do carro. E montou no bicho ali mesmo, abandonando o automóvel, já sonhando com o grande espetáculo.

O animal estava tão feliz que não deu a mínima em carregá-lo no dorso, tampouco o incomodavam as repetidas cutucadas que o estranho aplicava-lhe com os calcanhares. Nada conseguia ofuscar aquele mundo novo que surgia, livre, finalmente, do jugo pesado que o aprisionara por anos. Seria a estrela de um espetáculo e já começava a elaborar o seu nome artístico:

— Que tal "O Fabuloso Alazán"?

— Não é bom! Já tivemos o Fabuloso Arlok, um grande mágico, e ninguém vinha vê-lo.

— E Árion, o Magnífico?

— Também não funciona. Já tentamos um vidente com nome parecido e não deu certo. As pessoas esperam por coisas novas, algo que nunca viram e nem ouviram falar, e isso precisa ficar bem claro logo de cara. "Magnífico isso", "Fabuloso aquilo" não lhes dizem nada e já não despertam a curiosidade de ninguém — respondeu-lhe, exibindo o anúncio que acabara de pintar em um pedaço de tábua: "A INCRÍVEL MULA FALANTE"

O animal irritou-se profundamente, tanto pela ignorância, quanto pela falta de criatividade:

— Primeiramente, não sou uma mula — disse-lhe indignado.

— Perdão — desculpou-se, substituindo a palavra "mula" por "burro falante", o que quase lhe rendeu um coice.

— Nem burro, nem mula — replicou o animal — Sou um bardoto!

E percebendo que seu novo dono desconhecia o significado de tal palavra, resolveu explicar-lhe de forma bem simples:

— Meu pai é um cavalo; minha mãe, uma jumenta.

— Ué!? Então você é um burro!

— Burro é o filho de uma égua com um jumento — respondeu-lhe, após respirar profundamente, mas o que ele queria dizer mesmo era: — Burro é o "fi-duma-égua" que não sabe diferenciar um do outro!

Mas de uma coisa aquele homem tinha certeza: "O INCRÍVEL BARDOTO FALANTE" não atrairia público nenhum. Quem diabos sabe o que é um bardoto?! E foi refazendo o cartaz que lhe surgiu a brilhante ideia: Bastava aproveitar a pelagem amarelada do bicho e pintar nela umas listras pretas. Oras! Todo mundo gostaria de ver uma zebra ao vivo, ainda mais uma que fala!

O jovem bardoto adorou. Seria a personagem perfeita para dar início à sua carreira artística, pensou, já imaginando-se, num futuro próximo, atuando como Pégaso. E trabalhou duro naqueles dias, carregando madeira para a construção daquilo que supôs ser o seu palco. Noutros momentos, ajudava a divulgar o espetáculo, desfilando pelas ruas e distribuindo cartazes: "KUMBA, A INCRÍVEL ZEBRA FALANTE!!!"

Foi um verdadeiro alvoroço na cidade. Todos queriam ver, pela primeira vez, uma zebra. Estavam maravilhados, mesmo sem ouvi-la falar. Para isso, era necessário pagar e assistir ao espetáculo. A estreia seria em uma semana e o bardoto aproveitou cada minuto vago para aprimorar sua personagem. Decorava longos discursos, criando histórias fantásticas sobre a África, onde nunca esteve, inventando até bicho que não existia ali. Foi também quem sugeriu o nome Kumba, segundo ele, o espírito de um grande rei africano encarnado em seu corpo... Tudo em vão! Primeiro, porque não haveria um palco, conforme idealizara; nem mesmo a lona do circo existia, pois já havia sido vendida para saldar as dívidas. No lugar disso, seu dono construiu-lhe uma espécie de baia a céu aberto onde ficaria trancado, cercado de gente que pouco se lixava para as suas histórias. Puxavam-lhe o rabo, davam tapas, atiravam pipocas, pedras, gravetos... só para ouvi-la gritar, irritada, enquanto caíam na gargalhada.

Não conseguiu dizer uma só palavra do que havia ensaiado, nem mesmo apresentar o seu nome. O espírito do grande rei Kumba desencarnava do corpo da zebra que abandonava os sonhos do bardoto que, no momento, sentia-se um burro. A multidão, ao mesmo tempo que o silenciava, cobrava dele o prometido no cartaz:

— Zebra, fala isso! Zebra, fala aquilo! — gritavam de todos os lados.

As crianças vinham com uma lista de palavras que julgavam engraçadas. Pediam para que repetisse palavrões e riam de qualquer coisa que ela dissesse. Alguns rapazes, inconvenientes, importunavam as mulheres com assobios, depois, acusavam a zebra. Queriam tirar fotos, que mandasse recado a grupos de celular, que chamasse não sei quem de não sei o que lá... Perguntavam pelos números da loteria, jogo do bicho, quem iria vencer o campeonato... Ofereciam cachaça, bituca de cigarro... até Coca-Cola, para vê-la arrotar. Ou seja: enchiam-lhe o saco! Se era pra ficar repetindo tudo o que lhe mandavam, melhor seria tê-lo pintado de verde e dizer que era um papagaio gigante, não o grande Kumba.

Ao final do espetáculo, o dono do circo era o único que parecia animado. A multidão já havia sido dispensada e o animal aguardava ansiosamente para sair daquele cercado. Queria galopar por aí, esfriar a cabeça, antes de discutir qualquer assunto sobre a decepcionante estreia. Seu senhor havia passado por ele todo sorridente — com os bolsos cheios — prometendo retornar assim que fechasse a conta. O bardoto esperou, esperou... porém ninguém apareceu para libertá-lo. Duplamente frustrado e exausto, recostou a cabeça sobre um monte de feno e pegou no sono.

Em sonhos, tinha espaço suficiente para tomar impulso e saltar o cercado. Nenhum chicote no mundo o fizera correr tanto. O salto pareceu-lhe tão leve... Percebera, então, que suas patas demoravam a tocar o solo, quando viu surgir nele duas grandes asas. Abaixo, uma multidão assistia ao espetáculo:

— É o Pégaso! — gritava a plateia maravilhada, estendendo as mãos aos céus.

— Não! Sou Árion, o Magnífico! — corrigia o imenso animal alado, dando piruetas no ar.

Porém ninguém mais parecia importar-se com a sua habilidade para voar. As pessoas voltavam a importuná-lo com os mesmos pedidos de sua estreia:

— Magnífico Árion, fala isso! Magnífico Árion, fala aquilo!

E lá do alto, vendo suas bocas escancaradas, o animal simplesmente mirava e cagava sobre suas cabeças. Sonhar voando é tão bom... Mas o despertar veio com a terrível sensação de quem sonha caindo, num susto, pondo o animal de pé. Alguém acabava de espetá-lo com uma vara e, mais uma vez, estava cercado de gente querendo que repetisse as tolices de sempre:

— Acorda! Fala isso! Fala aquilo! Assobia! — gritavam ao seu redor.

O senhorio, mais uma vez, só apareceu no final, animado com sua sacola de dinheiro. Passou apressado, pedindo que esperasse e, como no dia anterior, não retornou.

Naquela noite, preso numa jaula onde mal cabia o seu corpo, o bicho sentia falta de seu antigo dono. A carroça, mesmo pesada, lhe permitia vagar por toda a cidade, além disso, aquelas pessoas feriam bem mais que o chicote.

Zebra? Zebra coisa nenhuma! Pintaram nele um uniforme de presidiário. Dinheiro em nada lhe servia, nem era saboroso para comer. Se ao menos investissem num terreno grande onde pudesse pastar ou, no mínimo, lhe comprassem umas cenouras de vez em quando, mas... De que vale ganhar muito ou pouco dinheiro se, no final, receberás a mesma quantia em capim? Às vezes, uns grãos de milho no cocho...

Era a única atração de um circo que nem ao menos existia, mesmo assim, as pessoas continuavam pagando para vê-la. Passadas algumas semanas, até gente de fora veio conhecer a tal zebra falante. A notícia havia se espalhado pelas cidades vizinhas e o coitado já não tinha sossego algum. Mas tudo mudou quando, certo dia, os ventos sopraram forte, trazendo uma tempestade. A multidão tentava proteger-se debaixo de uma pequena lona, sem picadeiro nem arquibancadas, mas que abrigava o pipoqueiro e a barraca de bebidas. O pobre bicho ficou lá, debaixo de chuva, aliviado com aqueles minutos de paz trazidos pelas águas. O que não se esperava era que a tinta largasse de seu corpo, diante dos olhos de todos, revelando a farsa. E já não acreditavam, nem mesmo, que o bicho podia falar. Se aquilo não era uma zebra, logo, todo o resto também seria um truque. E ameaçaram quebrar tudo caso não devolvessem o dinheiro. Assim, logo que a chuva começou a diminuir, a multidão dispersou-se, rumo às suas casas. Não tão animado quanto nos demais dias, o homem finalmente abriu a cancela da baia e conversou com seu animal:

— Acabou, meu amigo. Fim do espetáculo! — lamentou, vendo-se novamente falido — Estava tudo indo tão bem...

— E o que faremos agora?

— Você, não sei! Eu vou pegar o dinheiro que sobrou e consertar o carro. Talvez, investir num táxi...

— E a minha parte?

— Que parte?

— A parte que me cabe pelo meu serviço.

— Te dei um lar e o que comer, não?

— Lar? — perguntou com certo sarcasmo — E se ao invés do táxi, investisse num bom pasto? Você poderia plantar o nosso alimento nele e ainda te deixaria dormir lá! Que tal?

— E que tal se eu te vendesse pruma fábrica de salsicha?

O papo foi interrompido pela chegada de um estranho, com pinta de cowboy e cara de grã-fino. Tinha sido o único a permanecer no local depois que todos partiram. Esteve ali o tempo todo, sem ser notado, atento à conversa dos dois.

— Boa noite!

— Se veio pedir o dinheiro de volta, chegou tarde. Não restou nada.

— Na verdade, vim lhe fazer uma proposta.

Finalmente puderam reconhecê-lo. Seu rosto estampava cartazes por toda a cidade e até o bardoto sabia de quem se tratava: João Divino. Havia feito fama como peão de rodeio e, ao lado do irmão, juntaram uma inexplicável fortuna. O irmão era um pastor charlatão, fundador e líder da Igreja Pentecostal do Profeta Divino — no caso, o "Divino" vinha do próprio sobrenome — com templos gigantescos espalhados por todo o país e um canal de televisão.

João Divino, por sua vez, era sócio do irmão, produtor de rodeios e dono de algumas empresas de fachada. Também era o maior latifundiário da região. Além da criação de cavalos, fornecia muares — burros e mulas — para o trabalho no campo. Por último, metera-se na política, o que justificam os cartazes espalhados na cidade: naquele ano, concorreria à prefeitura.

Tinha nos rodeios e entre os latifundiários o seu eleitorado forte. A outra parte ficava por conta dos religiosos. E foi esse o motivo que o levou ali: unir as duas coisas. Soube, pela boca de seus empregados, sobre uma tal zebra falante que havia aparecido na cidade e foi lá conferir. O objetivo era fortalecer a campanha nas igrejas, pois sua fama não era lá muito alinhada aos preceitos cristãos. Tinha, porém, o irmão por aliado e maior cabo eleitoral. Foi dele a ideia de procurar aquele extraordinário bicho, inspirado na passagem bíblica em que a mula do profeta Balaão falou, após apanhar, mesmo depois de salvar sua vida por três vezes. Bastaria pintar a zebra e transformá-la numa mula, o que já não seria necessário, graças àquela chuva quase providencial. O animal estava pronto, faltava o homem aceitar a proposta. E não havia momento mais apropriado.

— Quanto quer pelo bardoto?

Antes que o homem assimilasse a pergunta, o animal já havia doado a si mesmo, gratuitamente, com total devoção àquele homem que sabia distinguir um bardoto de um burro. O burro, no caso, era o seu dono, que aceitou vendê-lo pelo equivalente a três vezes o valor do prejuízo causado pela chuva, sendo que uma mula de carga, na fazenda de João Divino, era vendida por muito mais — imagina uma que fala e nem mesmo era mula, mas um bardoto. O homem, satisfeito com a quantia recebida, ainda prometeu-lhe o voto.

Acostumado a carregar carroças e humanos, o animal teve a primeira experiência sendo carregado, feliz da vida, sobre a carroceria de uma caminhonete. Também era o seu primeiro dono a possuir um nome. Nunca tinha percebido a importância de um dono ter nome, já que ele mesmo nunca havia recebido um. Mas aquele tinha um nome conhecido em todos os lugares, João Divino e, com a sua ajuda, seria o futuro prefeito da cidade.

Na fazenda, recebera tratamento digno de uma estrela de cinema, com direito a banho, escova e figurino. Ornaram o animal de correntes douradas e o cobriram com um manto sacerdotal azul celeste e pequenos sinos presos nas bordas. Também lhe fizeram um longo trançado na cauda e apararam a crina.

Já na igreja, o pastor preparava os fiéis anunciando a campanha "Os Três Livramentos de Balaão", a qual prometia curar doenças, resgatar finanças e vencer o diabo, tudo pela boca daquele santo bardoto, apresentado à congregação como a mula profeta:

— Deus escolheu as coisas loucas do mundo para confundir as sábias; e as coisas vis, desprezíveis e que não são, para confundir as que são. Nos tempos de Balaão, deu voz a uma mula, que lhe salvou a vida por três vezes. Da mesma forma, enviou a mim para resgatá-los da perdição! — o animal discursava girando e batendo os cascos no chão, marchando e trotando por entre os fiéis, que faziam os mesmos movimentos, entre gritos de "Glórias!" e "Aleluias!" — O diabo é articulado e atua em todas as áreas, inclusive na política. O país está em crise, o município está em crise... Tua vida está em crise? Sua empresa quebrou? Falta dinheiro pro aluguel deste mês? Algum familiar doente nas filas dos hospitais? Os filhos estão nas drogas e o aumento da violência te preocupa? Ouçam minhas palavras: Conhecereis a Verdade e a Verdade vos libertará! Eis que vos envio o Novo!

No final, convencia a todos a votarem no João Divino e, claro, a contribuírem com uma boa oferta para que se cumprissem os desígnios de Deus. E transitou por toda a cidade, visitando não somente as congregações daquela igreja, como também as de outras denominações, dizendo-se porta-voz de Deus — no caso, João Divino — e persuadindo a muitos de que aquele homem — de fala torpe e mau-caráter — era um exemplo de santidade.

Fora dos púlpitos, o animal acumulava milhares de tarefas e, quando menos esperava, até carroça voltara a puxar. Sobre ela, montaram o palanque onde João Divino discursava, carregado pelo animal que gritava, aos quatro cantos, o slogan da campanha: *"Não seja burro! Vote em João Divino!"*

E nada disso o incomodava — nem por voltar a carregar carroça, nem por ser chamado de mula, ou comparado a um burro por aquele homem que havia sido o único a reconhecê-lo como bardoto — muito pelo contrário: sentia-se cheio de autoridade.

E não era só o devoto animal que parecia não se importar com as incoerências do candidato. Certa vez, mandou fechar uma galeria de artes, por expor a pintura de uma mulher nua beijando um bode. Disse que aquilo era apologia ao bestialismo, sendo ovacionado pelos religiosos e vigilantes da moral; porém, noutra ocasião em que dava entrevista a um programa de tevê, revelou — sem nenhum constrangimento — ter tido sua primeira experiência sexual com uma jumenta, segundo ele, "uma coisa normal entre a molecada de sua época". E parecia também ser normal entre os defensores dos bons costumes, pois ninguém disse uma palavra. Já o bardoto desatinou em acreditar que João Divino poderia ser o seu pai, guardando para si, como segredo de família. O animal estava presente no mesmo programa e também respondia à entrevista:

— Temos uma pergunta enviada por um internauta: "Não te aflige, sendo você uma mula, apoiar um homem conhecido por explorar animais, tanto em rodeios como no comércio de muares para o trabalho pesado?"

— Primeiramente, sou um bardoto, mas nem vou perder o meu tempo explicando isso! Eu também já trabalhei pesado, desde filhote, puxando carroça, levando chicotada no lombo... e olha onde estou? Se cheguei aqui, foi por que mereci!

Sobre os rodeios, o animal seguia numa ótica bem particular. Enquanto, nas regras básicas, vencia o peão que durasse mais tempo sobre o cavalo, na visão do bardoto, não importava o tempo que o peão levasse para cair: se fosse derrubado, perderia a luta. O grande vencedor seria o cavalo que o derrubasse mais rápido. Não via nisso maus-tratos, mas o oposto. Para ele, aqueles cavalos eram bravos guerreiros e chegou ao cúmulo de elogiar o "brilhante desempenho" de um animal que acabara de ter os ovos espremidos e o couro perfurado por esporas, enquanto ele se divertia. Mas o bardoto, inocente talvez, parecia não acreditar nessa história, tampouco mostrou-se sensível. Não entendia que gladiadores, homens ou cavalos, eram também escravos, usados para o entretenimento, como o próprio bardoto continuava sendo e não percebia. E se achava tão dono da razão que já nem parava pra pensar em suas palavras, cometendo a gafe de responder a próxima pergunta:

— Tens a pretensão de ocupar algum cargo na prefeitura?

— Não havia pensado nisso, mas uma Secretaria seria de bom grado.

— E não seria nepotismo, seria "hipotismo" — interveio o próprio João Divino, soltando uma gargalhada solitária, que mais parecia um relinchado.

A infeliz piada acendeu ainda mais a esperança do bicho em ser o seu filho bastardo. No dia seguinte, João Divino e seu bardoto estampavam capas de jornais e revistas. Uma delas trazia a ilustração do candidato, deitado ao lado do animal numa cama, com o título "AVE CÉSAR CALÍGULA!" acompanhado da chamada: *"A exemplo do imperador romano, João Divino pretende indicar seu asno a Secretário Geral".*

O animal foi proibido de dar entrevistas, puto por ter sido chamado de asno, e o candidato foi a outro canal dizer que a matéria havia sido editada para prejudicá-lo. Temendo a repercussão negativa daquela declaração, tratou de elaborar um plano mirabolante: um grande teatro que convenceria a todos.

Após convocar uma multidão, adentrou a avenida montado no bardoto, cercado por milhares de eleitores que o saudavam com folhas de palmeiras, como num Domingo de Ramos, distribuídas no culto que antecedeu aquele último comício, às vésperas da eleição.

O bardoto jurava que tudo aquilo era para ele, que lhe ofereciam os ramos por comida e até petiscou alguns. João Divino não havia lhe passado os detalhes do plano, apenas que precisaria ser realista, por isso, preferiu fazer surpresa. E ali, com a cobertura de toda a imprensa, encenando a entrada triunfal de Jesus em Jerusalém, o homem cravou as esporas e o bicho deu um pinote, lançando o candidato no chão. O bardoto sentiu na pele aquilo que reclamavam os cavalos de rodeio, mas ele nunca tinha dado crédito: as esporas realmente existiam, talvez, mais dolorosas que o chicote.

A notícia rendeu matéria em todos os jornais: *"O candidato a prefeito, João Divino, encontra-se em estado grave no hospital, com traumatismo craniano, após cair de sua mula. Segundo alguns membros do partido, naquele mesmo dia, João havia negado um cargo à mula, levando a polícia a suspeitar de que o animal teria agido por vingança"*.

Mas João Divino não tinha sequer um arranhão. Forjara o acidente em parceria com o irmão, só o bardoto não sabia de nada. Chamado de traidor e de coisas que desconhecia, como comunista, o animal foi arrastado e amarrado num poste, até chegarem as autoridades.

A estratégia deu resultado. Comovida com o candidato à beira da morte, a população o elegeu prefeito. Como por milagre, João Divino levantou-se do leito, logo após a apuração. E administrou mal o município, sendo tão cruel com seu povo quanto era com seus animais.

Após um tempo sumido, o bardoto reapareceu na área — sujo, sem nenhum dono — arrastando voluntariamente uma carroça pesada que ele mesmo prendera ao corpo. Contudo um fenômeno estranho acontecia: toda a cidade havia ficado muda. Somente o bardoto permanecia falando e protestava. Não contra João Divino, de forma alguma. Reivindicava, apenas, que o prefeito assumisse a sua paternidade.

O CORTEJO

Não havia flauta, nem flautista, nem ratos... só o encanto. Sim, a magia estava lá, como na história de Hamelin.

Não carecia de música. Bastava sair de casa e, logo, dezenas de crianças surgiam a acompanhá-la, como se o dia fosse uma incessante brincadeira de "O Mestre Mandou".

Sem tempo e nem espaço para si — nem pra amar no mato como os bichos, nem na cama como gente. Onde quer que Nicole estivesse, lá estavam sorrisos e olhinhos brilhantes a beijá-la e a segui-la, a querer dormir ao seu lado... Eu também queria! Como as crianças — não tão inocente — a acompanhava em cortejo, ladeira abaixo e acima, por ruas sem nome e casas sem número. Em Ponta Negra, o endereço é assim: na casa de Seu Ismael ou na de Dona Ana, depois do coqueiro, ou da pedra, ou do outro lado da ponte. Em cima do morro, depois do canavial... Se passar por lá, não roube cana! *"lê O lê DO lê NO lê É* lê BRA lê VO*!!!"*

— É a língua do "L" — revela um dos pequenos.

É como a língua do "P". Quem já foi iniciado nos mistérios ocultos dos dialetos infantis que interprete. É assim que se protegem dos adultos, é assim que escondem seus segredos. Também guardo os meus, por detrás dos olhos a contemplá-la, a admirar o seu encanto diante de uma paisagem tão bela quanto.

Uma vez revelado o mistério, nossos ouvidos podiam entender as crianças como quem passa a compreender as histórias cantadas pelos pássaros, pelo vento e pelo barulho do oceano.

Iemanjá lava suas vestes azuis na mesma rocha onde Oxum penteia os cabelos. A cachoeira cai no mar e o mar é testemunha de todos.

A menina que chorou, agora ri — lágrimas salgadas, lembrança amarga, sorriso doce — e sua gargalhada é tão espontânea... tão livre... Nicole também ri. Aliás, quem não ri de um estabanado que vem ao chão? Este sou eu, caindo feito uma jaca com um troféu em punho: uma semente, um olho-de-boi. "É sinal de boa sorte", alguém me diz. Sim, a sorte me sorri e, disso, não tenho dúvida. Não pela queda, tampouco pelo olho-de-boi. Mas a sorte estava lá, arrebanhando a todos com o som imaginário de sua flauta inexistente...

UM HOMEM DURO

I

Acende um cigarro e mais parecia ter acendido uma girândola de gás lacrimogênio. Uma barreira policial forma-se para impedir os manifestantes de chegarem ao Palácio Guanabara. A Tropa de Choque relampeja *tasers,* troveja bombas, fomenta nuvens que asfixiam e chuvas que cegam os olhos. Às vezes, parece não haver ser humano dentro do uniforme da polícia. Que a Tropa de Choque é formada por uma legião de "armaduras robôs", com vida própria, sob o controle do Estado: atiram, batem, prendem, sem que nenhuma alma, ou consciência, ou até mesmo a Lei intervenham na execução da ordem. Não faltam somente as identificações bordadas no peito... falta algo mais.

Pedro assiste a tudo isso da janela, enquanto fuma. Ele vê o mundo pela janela. Quase nunca sai de casa: ou está no ateliê esculpindo ou está na janela fumando. Jovem escultor de imagens sacras, santos, crucifixos, anjos — arte que aprendera com o pai que, por sua vez, seguia os mesmos moldes do avô — sonhava em ver suas obras expostas numa Bienal, mas só encontrou lugar para elas em lápides de cemitério.

Há tempos, seu namoro com Íris não ia nada bem e logo passou a achar que esse era o principal motivo de todas as suas frustrações. Na verdade, Pedro andava decepcionado com praticamente o universo ao seu redor e, embora mantivesse uma postura apática com quase tudo, dedicava todas as suas emoções àquele relacionamento. Somente ali notava-se nele alguma forma de paixão.

Apaga o cigarro e retorna à sala, onde Íris assiste à TV, com os olhos vidrados, cada um de uma cor: um castanho e o outro azul, quase cinza. Íris, na verdade, é o apelido, claro, por sua heterocromia ocular. O nome de fato era Isa, mas nem ela mesma se apresentava assim. Concentrada no noticiário, ignora a chegada de Pedro, enquanto um repórter fala sobre as manifestações que ocorrem logo ali embaixo do apartamento. Se do quinto andar, onde mora, é difícil entender o que realmente se passa no conflito, imagina o que aquele repórter teria a dizer do alto de um helicóptero!

— Da janela dá pra ver melhor! — tenta, em vão, tirá-la do transe.

A polícia promove o medo, a televisão, o terror. Os noticiários assumem o papel do Judiciário e sentenciam a todos por vandalismo. O professor é vândalo, o gari é vândalo, o fotógrafo é vândalo e, seguindo essa lógica, até o próprio Tiradentes mereceria a forca. Inacreditavelmente, os Comunistas voltaram a comer criancinhas e os Anarquistas, a renegar a Deus.

Íris, finalmente, percebe toda aquela ladainha e desliga a televisão.

— Chega de janelas! — pensou. — Você vem comigo?

II

Fora do apartamento, a menina que levava uma flor ao policial é recebida com spray de pimenta nos olhos. Um manifestante apanha de cassetete e outros vários, cegos por bombas de gás, são empurrados e pisoteados pela tropa. De um lado voam pedras, do outro, balas de borracha.

Uma mulher desmaia na calçada tentando chegar em casa com as compras. Um senhor que saía da missa expõe, na estampa de sua camiseta, a imagem da santa de quem é devoto:

— Nossa Senhora é contra essa forma da polícia trabalhar!!!

E logo é derrubado no chão, algemado e levado preso por desacato.

Tomado pelo pavor, Pedro permanece imóvel, petrificado ao portão do prédio. Íris, já com uma pedra em punho, some no meio da fumaça, seguindo a multidão.

À noite, deitados na cama, compartilham um cigarro sem dizer nenhuma palavra, até Íris romper o silêncio inconformada:

— Eles vinham com flores!

— E com pedras — replicou Pedro.

— Antes, eram flores — finalizou, virando-se de lado para dormir.

Pedro dá mais uma tragada no cigarro e acompanha a fumaça subir, deitado, olhando para o teto. Passado algum tempo, já pestanejando, dorme.

III

Acorda com uma leve impressão de que havia sonhado... mas não recordava o sonho. Repara o travesseiro vazio ao seu lado, ainda moldado pela cabeça de quem ali dormia, alguns fios de cabelo, o lençol amarrotado, o colchão marcado pelo corpo, onde Íris já não estava, nem mesmo o rastro do seu calor. Sem se dar conta do que acontecia, Pedro levanta da cama e vai até a cozinha. Abre a geladeira, olha o seu interior mas não pega nada. Em seguida, recolhe algumas louças usadas, juntando-as na pia. Sobre a bancada, um copo sujo de leite com um bilhete deixado. Ele o lê, o copo vem ao chão.

Na rua, um manifestante quebra a vidraça do banco. A polícia lança bombas de efeito moral. Sprays que picham paredes, outros que apimentam os olhos... Até Pedro, dentro do apartamento, chorou.

No banheiro, enquanto lavava o rosto, manteve-se concentrado no pequeno redemoinho que se formava ao fundo da pia, vendo toda aquela água ser tragada pelo cano.

O que é o amor? Qual a sua medida? "Do tamanho da Via Láctea", ela dizia, aquele imenso espiral leitoso convergindo num grande buraco-negro, ou seja: uma galáxia inteira entrando pelo ralo. Agora, onde antes havia uma Via Láctea, restou apenas um copo de leite vazio.

Pedro enxuga o rosto. Segundos depois, enxuga o rosto novamente...

IV

Se era naquela relação o lugar que encontrou para extravasar o amor, no ateliê era onde externava toda a sua raiva, sem precisar ferir ninguém. Na rua, um manifestante é espancado por policiais com cassetetes. No ateliê, uma pedra é golpeada até tomar forma. Para, olha um esboço do Sagrado Coração de Jesus sobre a mesa e volta a esculpir. Em seguida, observa uma de suas esculturas pendurada na parede, um Cristo crucificado, dando particular atenção à mão do Cristo perfurada pelos cravos. Desvia o olhar para a talhadeira, comparando suas formas, e continua a esculpir a rocha. Retorna à imagem na parede e contempla o rosto sofrido de Cristo. Começa a acariciar a talhadeira com a mão e, fechando os olhos, dá um forte tapa na ponta do instrumento, ferindo-se. Levanta, faz um curativo e volta a esculpir, transtornado, golpeando a rocha incessantemente, com violência, até que a escultura, já com um formato de coração, parte-se ao meio. Murmura um palavrão qualquer, inconformado por tê-la destruído. No entanto olha aquela escultura partida como um hebreu olharia as Tábuas da Lei. E era um e não dez o seu mandamento: "Não amarás!"

Ao voltar-se novamente para o crucifixo, nota que o Cristo também o observa. Descendo da cruz, vai ao seu encontro e lhe esbofeteia a face:

— Pedro, tu és pedra!

Num susto, percebe que havia dormido no sofá, com a televisão ligada, o controle numa mão e um curativo na outra. Lá fora, a Perimetral é implodida e suas vigas — pesando toneladas e custando milhões — simplesmente desaparecem e reaparecem enfeitando o jardim do prefeito. Espetáculo grandioso assim só mesmo quando o David Copperfield fez sumir o Cristo Redentor. O senhor Prefeito diz não saber nada sobre as remoções na Comunidade do Metrô Mangueira, nem na Maré, nem na Vila Autódromo, nem no Quilombo das Guerreiras. Na Aldeia Maracanã, um indígena resiste com bravura sobre uma árvore, cercado por caravelas fortemente armadas de um novo Cabral. Amarildo não voltou pra casa, Cláudia foi arrastada pela viatura. Mais uma criança morre na fila do hospital. As passagens do ônibus aumentam. Falta o salário dos professores e, no contracheque do mês seguinte, já consta um saldo negativo. Mais de cem demitidos na greve e outros tantos presos e alvejados por bombas, enquanto protestam na Cinelândia. Em Kriev, neonazistas promovem uma chuva de *coquetel molotov* e são chamados de manifestantes pelos mesmos repórteres que, aqui, insistem em chamar os professores de vândalos.

"A Polícia reagiu..." é o que diz a âncora do telejornal, mas o que Pedro vê na tela é a imagem de um senhor de sessenta anos caído no chão, com os braços estendidos, aos pés de outros tantos acuados... apanhando da Tropa de Choque, cobertos por uma nuvem de gás lacrimogênio.

No sofá, Pedro atém-se ao noticiário enquanto fuma um cigarro. Já não vai à janela, uma vez que a de cinquenta e duas polegadas na sala o ludibria o suficiente. Foi então que uma imagem em particular o tirou do sofá: uma manifestante, rosto coberto por máscara, é arrastada aos berros até uma viatura.

— Não dá pra continuar em casa, achando que a Via Láctea inteira converge ao centro do meu próprio umbigo! — gritava a manifestante, olhando fixo para a câmera, como se soubesse que Pedro lhe assistia, sondando-o lá no fundo...

Pelo menos foi assim que ele se sentiu ao ver, por detrás da máscara, seu sangue nos olhos: um castanho e o outro azul, quase cinza.

V

Lá fora, Íris e mais de setenta manifestantes são detidos na Cinelândia e levados para Bangu, onde ficarão por um mês, sem direito a receber visitas. São presos os que lutam por justiça, criminalizados os que reivindicam direitos básicos como Educação e Saúde. Um povo informado é um povo inconformado, e um povo enfermo é um povo sem força. Por isso deixam-no padecer nas filas dos hospitais, crianças e velhos, a sabedoria e o sonho. Rafael Braga — que não estava na rua protestando, mas morava nela — é preso e condenado a cinco anos de encarceramento, por uma controversa acusação de que portava material inflamável: uma garrafa de Água Sanitária. Sob o mesmo argumento, um jornalista em São Paulo foi detido com um "perigoso" frasco de vinagre. Os *alckmistas* do Estado de lá fazem proezas como os daqui: convertem água sanitária em vinho e, depois, esperam o vinho vinagrar para transformá-lo em fogo.

Mas, no ateliê de Pedro, a alquimia era outra. Em cima de uma bancada, ele junta os pedaços da escultura danificada no dia anterior. Abre um saco de cimento e despeja parte do conteúdo num balde adaptado com torneira e uma mangueira presa nela. Coloca água no balde e mistura o cimento com um pedaço de tábua, depois, suspende o balde e o prende no teto. Abre a torneira, deixando o cimento escoar pela mangueira.

Sentado na janela, acende um cigarro. De lá, dá pra ver o Cristo Redentor, braços abertos, mas se sente só. Um Cristo de pedra e cordial... porém de pedra já lhe basta o peito e cordialidade é uma dissimulação da fúria. Não existe gentileza no Rio de Janeiro, somente pintada em muros e estampas de camisetas. O profeta já morreu e a cidade nunca lhe foi gentil. Daqui a pouco, até suas palavras sumirão. Foram implodidas com a Perimetral, restando apenas mais pedras.

Temos bustos e todo tipo de estátuas dos poderosos, colonos, santos, heróis e, às vezes, poetas. Muitas delas de pedra, mas a de Carlos Drummond de Andrade não. Essa é de bronze, sentada de costas pro mar, em frente à Rainha Elizabeth[1].

> *"Havia uma pedra no meio do caminho, no meio do caminho havia uma pedra".*

O Rio de Janeiro é uma cidade de pedra: Pedra da Gávea, Pedra do Sal, pedra de crack, pedra portuguesa. Com pedras defendem-se os jovens contra homens feitos de pedra — com suas leis talhadas na pedra, da idade da pedra, defendidas com fogo.

Pedras não sofrem. Não sentem dor, nem fome, nem frio. Não choram, mesmo debaixo de porrada, transformadas a duros golpes, conforme a vontade de seu algoz — à imagem e sua semelhança — sem derramarem uma lágrima sequer. Têm olhos, mas não veem, ouvidos, mas não ouvem... São como os santos defensores dos bons costumes, sentados em suas poltronas, assistindo aos noticiários da TV. O mundo clama por justiça, mas suas emoções estão contidas, aguardando os últimos capítulos da novela que se segue — petrificados, quais os deuses olímpicos que discursam adiante, dentro do grande oráculo de plasma. Talvez encontrem, na tragédia alheia, alívio à própria desgraça.

Mas Pedro cansou-se de sofrer. Não queria mais ver o mundo pela janela... Do balde, já esquecido por ele, o líquido acinzentado continuava a descer lentamente. Ao final da mangueira, uma agulha fincada em seu braço.

Termina o cigarro, arranca a agulha e toda a roupa do corpo. Completamente nu, desce os cinco andares do seu prédio, correndo pelas escadas, alcançando a rua em direção ao Palácio Guanabara, onde se junta a outros manifestantes. Seus movimentos vão ficando

---

[1] Rua Rainha Elizabeth, em Copacabana.

cada vez mais lentos à medida em que se aproxima do Palácio, quase paralisando, até cair, petrificado, partindo-se em pedaços. A polícia reprime os manifestantes com balas de borracha e estes revidam com pedras — braços, dedos e outras partes de Pedro espalhadas pelo asfalto.

"A realidade é dura. Para suportá-la, é preciso ser mais duro ainda" — assim pensou e assim o fez: Tornou-se um homem tão rígido, tão duro que suas costas serviram-lhe por lápide.

O EREMITA

Tomado pelo desespero de quem transforma uma decepção amorosa em um mal que abrange toda a espécie humana, Matias isolou-se no cume da montanha mais alta e, ali, convenceu a si mesmo de que não gostava de gente; que, se fosse possível, lançaria uma bomba lá do alto e explodiria tudo, mas... ao invés disso, chorou. Foram tantas as lágrimas que, logo, o mundo ao seu redor ficou submerso.

Na montanha, agora uma ilha, a fonte de tantas águas cessava. Chorou até faltar o que chorar, até sobrar um único e abafado gemido. Desidratado e com os olhos miúdos, enxugou o rosto e contemplou à sua volta. Onde a vista alcançava: tudo alagado. Assuou o nariz, lançando fora as últimas lágrimas que haviam ficado pressas e, por fim, pôde suspirar aliviado:

— Nunca mais! — sussurrou, como quem acaba de dar um gole numa cerveja gelada, depois, recostou-se numa moita e cochilou.

Acordou com sede, óbvio! Por sorte, o céu estava inspirado — talvez competisse ou sentisse inveja — querendo mostrar que também era capaz de promover um dilúvio tão grandioso. Percebendo a tempestade que se formava, Matias apressou-se em improvisar um abrigo e algum tipo de recipiente para armazenar água.

Se ainda havia um lugar acima do nível do mar, exceto por aquela ilha, a chuva fez questão de cobrir. Matias pôde descansar em paz, seguro de que não restara ninguém no mundo além dele. Poderia viver assim tranquilamente, comendo insetos e bebendo chuva, uma frutinha ali, uma gaivotinha acolá... Os peixes haviam desaparecido, talvez, pelo amargor das águas, em compensação, as aves lotavam a ilha nos finais da tarde, já que era o único local possível para descansar.

Passaram-se dias e a mesma boca que devorava gaivotas, agora, queria dialogar com elas. As gaivotas, porém, não davam um pio. Depois, foi ter com os grilos, que conversavam a madrugada inteira entre si, mas Matias nada entendia. Lembrou-se, então, de Deus, mas Deus também não lhe respondia, tampouco o Diabo! Sentou-se à beira das águas, na esperança de que alguém surgisse nadando em sua direção, uma sereia que fosse ou uma tartaruga... Nada! Nem mesmo um siri. E o pior: sentia vontade de fumar, vontade de beber e já não sabia o que fazer com o tesão. Nada no mundo — nem mesmo o motivo que o fizera inundar esse mundo — poderia ser mais chato que a solidão. Tentou, tentou... mas também não conseguiu chorar — não restara uma lágrima sequer — e até o suicídio, naquelas condições, ficara difícil — só sendo muito criativo ou muito masoquista: não havia uma fruta venenosa, um animal peçonhento, lâmina, corda... ao menos, um lugar alto para pular que não fosse caindo nas águas... Aliás, não era má ideia. Abriu os braços, fechou os olhos e se lançou por inteiro em seu mar de lágrimas. Ali, deixando o corpo afundar vagarosamente, abriu os olhos e teve uma espantosa surpresa: a vida debaixo d'água seguia tranquilamente. Pessoas transitavam pelas calçadas, carros buzinavam no sinal, ambulantes vendiam suas mercadorias... Tudo no seu devido lugar.

Certo de que não delirava, sentiu uma incontrolável vontade de conversar com alguém. Foi até o pipoqueiro da esquina e o cumprimentou, ao que o senhor, muito sorridente, respondeu-lhe:

— Bom dia!

GATO ABANDONADO

Partiu, deixando por herança um gato semimorto e sentimentos bem vivos. Um gato dourado — nem tigrado, nem pintado — meio jaguatirica, meio bichano, recém-saído do veterinário. Acabara de tomar três vacinas de uma só vez e, igual ao amor demasiado que destrói as relações, o que havia de curá-lo quase o matou. Já não tendo para onde apelar — ora! Foram os médicos que o deixaram naquele estado — fez xamanismo, reiki, macumba, dançou e orou a Deus.

"Trago o amor de volta em sete dias" — mentem os cartazes por aí. Sete vidas têm os gatos... Quantas chances tem o amor? Esse já havia partido — sem doses de vacina que o curassem — deixando, aos seus cuidados, um pobre felino moribundo: para preencher o espaço vazio na cama, para esquentar seu corpo durante a noite, deitado sobre o peito, com o motorzinho ligado.

Massagem com as patas, acupuntura com as unhas — desperta toda manhã com dois grandes olhos amarelados, olhando bem no fundo dos seus, como que enxergando a alma.

LADRÃO DE IDENTIDADE

Era uma carteira preta, imitando couro de jacaré, abandonada perto do meio-fio. O dinheiro saltava-lhe pelos cantos, como pequenas barbatanas coloridas: azuis, marrons, amarelas, vermelhas... Nem era preciso abri-la para saber que se tratava de uma boa quantia...

I
O HOMEM MAIS HONESTO DO MUNDO...

Otávio é a pessoa mais honesta do mundo... pelo menos, era o que diziam seus conhecidos. O mesmo orgulhava-se tanto da fama que passou a achar justo receber recompensas por cada boa ação que praticava. Se, por acaso, alguém lhe passasse um troco acima do valor, Otávio, como muitos — nem tantos — não pensava duas vezes: fazia questão de devolver o excedente, claro, sem dispensar a oportunidade de sugerir, ao dono da bodega, que lhe retribuísse o feito com um cafezinho, ou um bolinho, ou uma cocadinha... Dependendo da quantia devolvida, por que não as três opções juntas?

— Pode ser um pãozinho na chapa?

— Claro! Se possível, também um caldo de cana, por favor.

Era daquelas pessoas que quando encontrava alguma coisa perdida — qualquer coisa mesmo, desde um celular a uma tampa de caneta — não poupava esforços para localizar o dono e lhe devolver o achado. Porém, sempre dava um jeito de solicitar algum trocado para cobrir tal e tal gasto com a condução e, se não fosse pedir muito, um dinheirinho a mais para o lanche.

"A recompensa é um certificado de honestidade", justificava para si mesmo e disso não abria mão: somente uma boa recompensa era capaz de legitimar o seu esforço. No fundo, o que o movia, de fato, não era nem o dinheiro, nem sua boa índole, mas o reconhecimento. A recompensa era apenas o atestado.

Naquela manhã, saiu para o trabalho mais cedo que o de costume. Precisava passar no banco antes, a pedido do chefe que, no dia anterior, confiou-lhe cinco cheques gordos em mãos para serem depositados na conta da empresa, todos em nome de uma tal Navarro Companhia Limitada. Otávio achou estranho, pois os negócios andavam mal e tratava-se de uma quantia bem considerável, contudo, não questionou. Fazia parte do seu conceito de "cidadão honesto" andar conforme as regras e acatar a tudo quanto considerasse autoridade — prefeito, pastor, patrão, polícia... e tantos outros p...s! —, principalmente quando incumbido de tamanha responsabilidade: quase meio milhão de reais em cada cheque. É preciso ter muita confiança em alguém para lhe pedir isso, pensou: somente uma pessoa muito honesta... inda mais com o banco já fechado, sendo necessário guardá-los consigo até o dia seguinte.

Enfim, pela manhã, enquanto se dirigia ao banco, Otávio deparou-se com uma carteira no chão, preta, imitando couro de jacaré, abandonada perto do meio-fio. O dinheiro saltava-lhe pelos cantos, como pequenas barbatanas coloridas: azuis, marrons, amarelas, vermelhas... Nem era preciso abri-la para saber que se tratava de uma boa quantia. Nada comparado aos cinco cheques guardados no bolso, claro, mas o suficiente para estragar o dia de quem o havia perdido. Antes mesmo de começar a contá-lo, primeiro, revirou todos os compartimentos da carteira à procura de algo que identificasse o dono ou que, pelo menos, o levasse até ele. Para a sua surpresa, não havia nela nenhum documento, nem cartão... nada além daquele dinheiro, provavelmente o salário inteiro de algum coitado: ao todo, mil quatrocentos e trinta reais, em notas de cem, cinquenta, vinte, dez... mais algumas moedas.

Oras! Poderia, tranquilamente, embolsar aquela grana, sem nenhum peso na consciência. Era impossível descobrir a quem pertencia, então... tudo bem, né? Qualquer pessoa faria o mesmo e ainda agradeceria aos céus — eu mesmo o faria — mas não o Otávio. Precisava devolvê-la a qualquer custo ou não valeria a pena, pensava: do que vale uma intenção? Ninguém pode testemunhar uma intenção!

Olhou ao redor, aguardou no local por horas e nada: nenhuma alma viva apareceu para procurá-la. Inconformado, decidiu andar pelas redondezas, sondando cada esquina, na esperança de encontrar o infeliz que a perdera. Perto dali, avistou um morador de rua — com cerca de trinta ou setenta anos de idade — sentado sobre um pequeno caixote de madeira. Movia os braços de tal maneira que mais parecia tecer o ar com as mãos, usando fios imaginários e os dedos para dar os nós: sem agulha, linha... nem mesmo o tecido, só os dedos, os braços e o vento.

Otávio não perdeu a oportunidade: retirou, da carteira encontrada, uma nota de cinquenta e, como se carregasse uma tocha olímpica, atravessou a rua correndo, com o dinheiro erguido em punho. Se não pela recompensa, ao menos pela gratidão, pensou em sua gana por reconhecimento, esticando-se todo para entregar o dinheiro. O homem, porém, qual o Adão de Michelangelo diante do Criador, não moveu um dedo sequer para pegá-lo. Permaneceu lá, sentado, labutando seu tecido invisível. Otávio, então, ofereceu-lhe outras duas notas de cem, mas, tampouco, mostrou-se interessado. Por fim, guardando os duzentos e cinquenta no bolso, lançou a carteira com todo o resto da grana aos pés daquele homem, reclamando, em alto e bom som — ou pelo seu desdém, ou por arrependimento:

— Se não precisa de dinheiro, por que está na rua pedindo?

O homem, finalmente, parou de costurar o vento e, tomando a carteira nas mãos, após conferir o conteúdo, lançou-a de volta aos pés de Otávio:

— O senhor, por acaso, me viu pedir alguma coisa?

— Ingrato! — retrucou Otávio, indignado — É por isso que Deus lhe virou as costas! Aliás... — pensou, já com outra ideia em mente: quem mais poderia reconhecer a sua boa ação se não o próprio Deus?

Curvou-se para recuperar a carteira, quase por devoção, e correu para a igreja, quase que por vício. Estava até bem cheia para o horário e Otávio não poderia perder a chance: foi logo solicitando ao pastor para dar seu testemunho de fé, aproveitando a ocasião para fazer um longo discurso sobre si mesmo: de como levava uma vida honesta e que havia esgotado todas as possibilidades de devolver a carteira, até achar justo doar o dinheiro para a obra do Senhor, guardando consigo apenas os duzentos e cinquenta reais recusados pelo morador de rua, já no bolso da calça. Mas também poderia ter narrado um jogo de futebol, já que ninguém conseguiria ouvi-lo mesmo, com tantos gritos de glórias e aleluias... inda mais com o pastor berrando simultaneamente, qual num leilão estrangeiro, falando uma língua estranha, onde só se podia entender algo parecido a: Quem dá mais? Quem dá mais? Quem dá mais? E erguendo o que provavelmente seria um cajado invisível — da mesma forma que o mendigo costurava o ar com os dedos — arrebentou-o no chão, voltando a falar em bom português. Prometeu que o dinheiro serviria para uma obra no templo, usando a passagem bíblica "o corpo é o templo do Espírito Santo" para, enfim, encomendar um terno finíssimo de lã fria Super 120, versículo 1.399 reais.

— Aqueles que se sentiram tocados pela atitude do irmão, que sigam o seu exemplo: façam uma oferta de coração aberto, para completar a obra do Senhor — ao menos, os cento e dezenove reais que faltavam pro terno; oxalá, uma gravata à altura.

Otávio saiu daquele culto como que carregado pelas asas de um anjo, imaginando, talvez, que pudessem ser as próprias asas... mas logo lembrou-se do trabalho e precisou aterrissar: estava atrasado e ainda teria que passar no banco para fazer os depósitos. Só então se deu conta, já na boca do caixa, que agora era ele quem havia perdido a carteira; nela, os cinco cheques da empresa.

Pobre Otávio: uma vida inteira de dedicação... tudo por água abaixo, graças a um descuido. Como iria explicar o sumiço dos cheques ao patrão? No mínimo, seria demitido, chamado de irresponsável, ou pior: acusado de roubo. E se a fama de rapaz honesto o motivara, por tanto tempo, a uma conduta impecável, a possibilidade de o julgarem ladrão, por pouco, não o levou às vias de fato: do que vale uma vida correta, se no final..., indagou-se, quase anunciando um assalto — tudo para manter a boa reputação — mas pensou melhor e desistiu. Oras, sua honra já havia subido o patíbulo, não seria ele a abrir o alçapão. E saiu daquele banco apressado, rumo ao trabalho, para encarar o chefe de vez e, quem sabe, findar seu suplício.

Refez todo o trajeto até o local onde, surpreendentemente, havia uma nova carteira perdida. Como da primeira vez, Otávio procurou por documentos e nada: somente uma moeda de vinte e cinco centavos e um cigarro amassado. Pouco adiante, outra carteira... e mais outra. Uma, provavelmente, pertencia a algum gringo, onde encontrou cerca de quatrocentos euros e uns tantos reais. Já a seguinte, Otávio conhecia muito bem: nela estavam os cinco cheques da empresa, do mesmo jeito que havia guardado. Somente o documento de identidade tinha sumido, mas... danem-se os documentos! Retornou correndo ao Banco, onde realizou os depósitos e seguiu tranquilo para o trabalho, sem se preocupar com o atraso: que descontem do meu salário, pensou, poupando-se, inclusive, de procurar os donos das demais carteiras. Se o próprio Deus o havia recompensado, reconhecendo sua honestidade, por que ainda perderia tempo com meros mortais? Aquele era o seu galardão, não tinha dúvida, e se repetia toda vez que passava por aquela rua. Encontrava, por dia, cerca de três ou quatro carteiras, todas sem documentos. Dez por cento do valor encontrado, segundo ele, pertenciam a Deus, o resto, guardava pra si. E era inevitável não reparar naquele mendigo, todo santo dia, sentado no mesmo lugar, entre as carteiras e a igreja, tão perto da bênção...

— Se não fosse tão preguiçoso, seria ele a encontrá-las — reclamava baixinho, como se o próprio Deus sussurrasse no ouvido: Você mereceu! — Mereci — respondia.

E o homem permanecia lá, sentado na caixa de madeira, mexendo suavemente os braços... não costurando o vento, como antes, mas como se regesse uma orquestra... Sim, uma magnífica orquestra que Otávio não era digno de ouvir, nem perderia o seu tempo. Murmurava qualquer coisa quando o via sentado, claro — não conseguia conter-se — mas seguia tranquilo para a igreja, satisfeito por devolver os dez por cento a Deus para, assim, continuar recebendo suas recompensas.

No trabalho, porém, uma notícia vinha tirando o seu sono. Diziam, pelos corredores, que parte da empresa havia sido comprada por uma tal companhia Navarro, sendo previamente alertados de que, em breve, ocorreriam mudanças, ou seja, na linguagem dos funcionários: demissão em massa.

Mais uma vez, Otávio via o emprego por um fio: antes, por ter perdido os cheques, agora, por tê-los encontrado.

— É injusto! — reivindicava a Deus, arrependido por ter realizado os depósitos.

Os dias passavam, deixando os funcionários cada vez mais apreensivos. Havia quase dois meses que o negócio fora fechado e, desde então, não se tinha notícias do tal sujeito que logo se tornaria o chefão e decidiria o destino de todos.

Otávio, por sua vez, tentava manter-se calmo. Estava seguro de ser um excelente funcionário, com certificado de integridade atestado pelo próprio Deus que, por sinal, continuava lhe recompensando com, pelo menos, duas ou quatro carteiras por dia. Se duvidar, ganhava mais com o dinheiro encontrado do que com o próprio salário, o que lhe dava ainda mais confiança de que Deus não o deixaria na mão.

Toda manhã, levantava bem cedo e, antes do trabalho, pegava o caminho onde sempre encontrava as carteiras, rumo à igreja, para dar o dízimo. Indignava-se cada vez que passava pelo mendigo na calçada, como se o pobre estivesse desprezando as oportunidades que a vida lhe oferecia — algumas delas, ali do lado —, pois, não fosse por sua inércia, segundo Otávio, também ele usufruiria das carteiras perdidas. Falava isso da boca pra fora, irritando-se à toa, já que, no fundo, acreditava que as carteiras eram destinadas a ele, tão somente, e a ninguém mais, como prova do reconhecimento divino. Mas calhou de, certo dia, Deus esquecer-se de recompensá-lo. Otávio passou pela rua, que apelidara "Estrada da Benção", uma, duas... quatro vezes e não havia nela nenhuma carteira. Desconfiado de que o mendigo pudesse tê-las encontrado primeiro, saiu a sua procura para reclamar o que julgava seu por direito, contudo ele também não estava lá.

Só pode ter sido ele, murmurou inconformado, quando, do alto, viu descer sobre a cidade uma imensa nuvem verde que o fez cair de joelhos, clamando por misericórdia, acreditando tratar-se de uma das pragas do Egito: no lugar de gafanhotos, documentos de identidade... uma chuva de identidades, rolando do céu, aos milhares, até cobrir todo o chão.

A sua documentação também estava lá, perdida no meio de tantas outras... Milagre, de verdade, seria encontrá-la, mas, para Otávio, a própria chuva já o era: entendendo o estranho fenômeno como um sinal, tomou para si a missão de devolver, uma por uma, todas as identidades aos seus donos, acreditando que, só assim, Deus voltaria a recompensá-lo.

II
LADRÃO DE IDENTIDADE

— Lembram daquele mendigo que ficava na esquina? — comentou o pastor no final do culto.

— O que fazia dança do ventre com as mãos? — perguntou um dos fiéis.

— O do malabares com o vento?

— Aquele preguiçoso? — intrometeu-se Otávio — O que houve com ele?

— Ontem, três sujeitos apareceram na cidade, bem vestidos... gente com grana, e o levaram àquele hotel luxuoso no final da rua.

— O levaram como? Preso?

— Não! Muito pelo contrário: o homem saiu de banho tomado, barba bem feita, trajando um terno finíssimo... Nem parecia a mesma pessoa.

— Faço-me de São Tomé: só vendo pra crer! Ele ainda está lá?

— Não. Deixaram o hotel ainda pela manhã, em um helicóptero, acredita? Fui, pessoalmente, acompanhado de minha esposa, levar-lhe uma mensagem de Deus, convidá-lo ao culto... mas o homem não deu a mínima.

— Pois é... Mais fácil um camelo passar pelo buraco de uma agulha que um rico entrar no reino dos céus — lembrou Otávio, tomado por pura inveja.

Na verdade, era mais fácil um elefante passar pela agulha com um camelo na cacunda que um pobre adentrar as portas daquela igreja. Aquele mesmo mendigo já havia tentado uma vez e fora barrado. Agora que herdara o reino dos céus, em seu helicóptero, todos lamentavam a sua partida.

O pastor, por exemplo, ostentava uma grande fortuna, segundo ele, fruto de uma vida transformada em Jesus. Ao mesmo tempo, gabava-se de seu passado obscuro, testemunhando nas igrejas que o convidavam — e pagavam muito bem por isso — sobre ter sido ex-integrante de algum grupo famoso, ex-maconheiro, ex-chefe do PCC, ex-gay, espião russo, feiticeiro... que havia realizado o pacto da Xuxa, da Vovó Mafalda, do Lula, de todos os seus oponentes políticos, do padre da cidade... que Satã o nomeara general de quinhentas hordas no Brasil, tendo milhares de demônios a sua disposição, que havia visitado o céu e o inferno três vezes, morrido três vezes, ressuscitado três vezes... até, finalmente, encontrar Jesus e ser transformado da água pro vinho... mas como vinho era proibido na igreja e, sendo ele também ex-alcoólatra, preferiu passar de ex-cidadão falido a homem mais rico da cidade — onde também era prefeito — superado apenas pelo mendigo da esquina em seu helicóptero.

No púlpito, a justificativa para toda aquela fortuna era bem simples: "O Senhor prometeu abundância aos seus servos!", esbravejava, deixando os irmãos menos favorecidos em profunda crise com Deus, sem saber onde estavam falhando. No caso, nem o deus cristão, nem a deusa romana, Abundância — nem mesmo o titã Prometeu — haviam prometido porra nenhuma! Bastava dividir a fortuna que acumulara com essa conversa fiada e já não haveria ninguém necessitado naquela cidade. Com certeza, seria essa a forma que qualquer divindade escolheria para nos ver prosperar, mas... se, para os primeiros cristãos, a ideia de bem-comum era bem comum, o mesmo não acontecia naquela igreja: É coisa de comunista — protestava o pastor prefeito em véspera de campanha — e comunismo, segundo ele, era algo ainda pior que o próprio Belzebu.

In God we trust e que *Deus seja louvado,* estampavam as cédulas arrecadadas na oferta, seu bezerro de ouro, seu deu$ Real! E foi seguindo esse pensamento que Otávio chegou ao trabalho, encucado com a história do helicóptero: Como pode? Aquele homem...

Talvez fosse um anjo — justificava inconformado — ou, quem sabe, o profeta Elias em sua carruagem de fogo.

Ficou ainda mais surpreso quando, na saída, o segurança pediu-lhe um minuto do seu tempo e contou-lhe sobre, dias atrás, ter perdido uma carteira preta, imitando couro de jacaré, com quase todo o seu salário dentro:

— Paguei a conta de luz no banco e ainda tinha uns mil e quatrocentos reais.

Otávio, porém, mesmo sabendo a qual carteira se referia, ficou mudo, uma vez que já não poderia devolvê-la: o dinheiro havia sido doado à igreja, logo, Deus que resolvesse esse pepino! Talvez por isso, Deus o tenha castigado, imaginou, pois passaram semanas sem que Otávio encontrasse uma única carteira no chão. E o momento não poderia ser pior: finalmente, saía a nota oficial sobre a venda da empresa, confirmando, apenas, o que todos já suspeitavam. E convocaram uma reunião com os funcionários para apresentar o novo presidente, André Navarro, que iria anunciar as mudanças de diretrizes pessoalmente. Naquele mês, passariam por um processo de adequação, permanecendo somente quem se alinhasse ao novo perfil da empresa.

Ao término de seu discurso, o senhor Navarro deixou o salão e não houve um funcionário que não tivesse ficado preocupado com a notícia, mas ninguém parecia ter mais motivos que o honestíssimo Otávio, convidado a segui-lo à sala da direção:

— Luiz Otávio Nepomuceno, filho de Irene Santos Nepomuceno e Josias Brandão, nascido no dia cinco de fevereiro de mil novecentos e sessenta e três...

— Sessenta e quatro, senhor! Mil novecentos e sessenta e quatro — interveio Otávio, um tanto surpreso — Por acaso nos conhecemos?

— Um, oito, quatro, três, zero, sete, três...

— Como?

— Seu Registro Geral: um, oito, quatro, três zero, sete, três...

— Esse mesmo, senhor, mas... perdoe-me a pergunta: estou sendo demitido?

— Não! — respondeu-lhe, dando segundos de alívio a Otávio. — Nós não nos conhecemos, mas lembro bem do senhor. Qual a outra pergunta mesmo? Se está sendo demitido? Pois bem: não sei! Haveria motivos para demiti-lo?

E vendo que Otávio não lhe responderia, o senhor Navarro resolveu inverter a pergunta:

— Vamos lá: me convença! Diga-me pelo menos uma qualidade sua, um motivo pelo qual deveria continuar na empresa.

— Honestidade, senhor.

— Honestidade? Honestidade é uma virtude, sim, mas não o qualifica profissionalmente. A pessoa pode ser honesta e, nem por isso, será um bom médico, ou um bom engenheiro, por exemplo.

— Faz de mim uma pessoa de confiança, senhor.

— Uma pessoa de confiança? Vamos ver: é bom nos cálculos, Otávio?

— Modéstia parte, ainda os faço de cabeça...

— Ótimo! Então vem comigo: seiscentos e cinquenta mil...

— Seiscentos e cinquenta mil — repetia Otávio a cada um dos valores que lhe era passado.

— Mais quatrocentos e setenta mil; mais quinhentos mil; mais quinhentos e oitenta...

— Quinhentos e oitenta mil?

— Isso! Quinhentos e oitenta mil. Mais seiscentos... seiscentos mil!

Otávio pensou por um tempo e deu uma estimativa de quase três milhões.

— Exato! — empolgou-se o senhor Navarro — Precisamente: dois milhões e oitocentos mil — respondeu, após rabiscar o ar com os dedos, calculando e anotando tudo num quadro negro imaginário — Se eu lhe entregasse essa quantia em mãos... — continuou André Navarro, vendo Otávio ficar cada vez mais pálido — Se te desse cinco cheques para serem depositados na minha conta e, no caminho, você os perdesse... Ainda afirmaria que devo confiar no senhor?

Já não restavam dúvidas, era ele mesmo: o preguiçoso, o que costurava vento, o que recusava dinheiro e partira no helicóptero;

seu profeta Elias, retornando de uma longa aventura na carruagem fumegante para trazer à tona o passado e o futuro:

— Senhor, se os perdi, foi tentando fazer a coisa certa — justificou-se, valorizando seus esforços em devolver a carteira perdida.

— Mas, no final, perdeu a própria carteira, né? Junto com os cheques!

— Não! No final, encontrei a carteira e os cheques foram depositados. Missão cumprida!

— Parabéns! Mas não estou aqui questionando tua honestidade, nem a tua sorte. Quero saber se és competente? Como posso confiar num sujeito que consegue perder quase três milhões no caminho do banco?

— Mas senhor...

— Chega! Não importa se estava tentando devolver uma carteira ou visitando a vó doente. O teu compromisso era depositar os cheques em segurança, não ficar por aí dando mole com o dinheiro. Tentou resolver o vacilo dos outros e acabou sendo o vacilão.

— Foi um vacilo, senhor, reconheço, mas Deus recompensa os justos e, graças a Ele, reencontrei os cheques!

— Uau! Acrescenta aí no teu currículo: sujeito honesto, homem de fé e sortudo... Todo mundo vai querer contratá-lo — riu-se — Pelo menos encontrou o dono da carteira?

— Não, senhor, mas doei o dinheiro à igreja. Antes, tentei ajudar um mendigo na rua, lembra? Que lhe ofereci dinheiro e o senhor recusou? — perguntou-lhe, esperando, ao menos, que desta vez lhe demonstrasse gratidão.

— Sim... e também lembro do senhor me chamar de preguiçoso. Você ainda me acha preguiçoso, Otávio?

— De forma alguma! Se fosse, não chegaria onde está.

— Errado! Sou preguiçoso sim! Preguiçosíssimo! Preguiçoso pra caralho! Por isso tenho um monte de gente trabalhando pra mim, enquanto ganho dinheiro e desfruto da minha preguiça. É isso que faço: ganho dinheiro. Posso estar em casa, na praia, viajando ou dormindo na rua, que continuo ganhando dinheiro.

— Não entendo onde pretende chegar com essa conversa. Se for para me demitir, que o faça logo. Onde devo assinar?

— Demiti-lo? Longe disso! Quero promovê-lo.

E vendo que Otávio estava mais confuso que aprendiz de mandarim, resolveu contar-lhe toda a história, sobre o dia que recusou a esmola e a lançou de volta aos seus pés: no momento que Otávio curvou-se para recuperar o dinheiro, aproveitou a ocasião e furtou-lhe a carteira. Este detalhe, óbvio, preferiu omitir, mantendo a versão de que Otávio a havia deixado cair. Explicou-lhe que perdera a memória e que, graças àqueles cheques, a recuperara:

— Se o senhor não os tivesse perdido, ainda estaria na rua sem saber quem eu era.

As transações entre as empresas ocorreram semanas antes do incidente com os cheques, que correspondiam a somente um terço do pagamento. André não participou dos trâmites, nem mesmo fora ele a assinar os cheques. Oras, como o mesmo gabava-se: tinha advogados e executivos bem pagos para isso. Autorizara tudo por telefone, de sua casa no campo, onde comemorava com amigos a nova aquisição. E foi nesse mesmo dia que, sem motivo aparente, André abandonou seus convidados e desapareceu.

— Botaram droga nas minhas drogas — teriam sido suas últimas palavras antes de deixar a festa, segundo os presentes.

Também ocultou essa parte a Otávio, narrando a partir do momento em que derrapou na estrada e capotou três vezes. Não saberia dizer quanto tempo ficou desacordado, claro: acordou sem nome, sem endereço, sem data no calendário, nem história... Tudo zerado! Não lembrava, sequer, o que fazia ali. Na memória, uma pequena fagulha que cintilava distante, quase apagando: o nome da cidade onde havia fechado negócio, apenas isso, e pra lá partiu a pé, levando seis dias de caminhada até o destino.

Chegou naquela cidade descalço, imundo, vestindo a cueca sobre as calças e uma camisa de linho rasgada que, um dia, já fora branca, desnorteado, sem nenhuma documentação ou dinheiro, faminto.

— Por aqui, senhor... — disse-lhe o *maître*, retirando-o do restaurante.

— Opa! Opa! — reclamou o segurança do shopping.

— Pra fora! — gritou o dono da bodega.

— Levanta daí! — ordenou o guardinha da praça.

— Não pode! — impôs-se o diácono da igreja ao barrá-lo na entrada, prometendo, no final do culto, fazer uma oração, contanto que aguardasse do lado de fora.

Perdido no tempo, na cidade e em sua mente, ficou vagando pelas ruas procurando... apenas procurando, não sabia o quê. Cansado, ainda com fome, cogitou buscar algo para comer no lixo — o que lhe fez perder completamente o apetite — e ali encontrou um velho caixote de madeira e sobre ele sentou-se, de onde não saía nem para ir ao banheiro.

Comia o que lhe era oferecido, ora pelos espíritas, ora pelo exército da salvação. Ao contrário do que pensava Otávio, jamais mendigou. Estava arraigada nele, entranhada em algum buraco entre o nariz e o inconsciente, a persona de um chefão, um dono de tudo, um mandachuva que não sabia pedir e, não estando em condições de dar ordens, rapidinho, aprendera a roubar: em média, umas dez carteiras por dia. Era bom nisso. Ficava lá, sentado no seu caixote de madeira, só "pescando" as carteiras... Quando não, treinava o movimento das mãos, numa espécie de *tai chi chuan* — ou, se preferirem, costurando o vento — para garantir o sucesso do próximo furto: uma mão leve e rápida, imperceptível. Em segundos, era capaz de roubar até mesmo quem passava correndo, sem precisar levantar-se para isso. Houve caso de conseguir realizar dois furtos enquanto tomava uma dura da polícia, incluindo a carteira de um dos policiais.

Definitivamente, não era um ladrão comum, um simples batedor de carteiras, não mesmo! André Navarro era um ladrão de identidade. E digo isso nem tanto por ser diferente, mas no sentido literal mesmo: ficava apenas com os documentos de identidade, dispensando todo o resto, inclusive o dinheiro. Oras, de que vale dinheiro se até o boteco mais pé-sujo da cidade lhe nega uma dose? Servia apenas como estratégia: quando deixava um rastro de carteiras abandonadas no caminho para conduzir suas vítimas até ele, numa espécie de escambo não consentido, no qual quem achava também perdia. Era aquele o momento em que as pessoas tornavam-se mais vulneráveis: enquanto comemoravam a sorte. Principalmente tratando-se de encontrar dinheiro no chão. Uma vez distraídas, bastava fisgar suas carteiras. Somente para isso lhe servia o dinheiro: como isca. Já os documentos... Algo lhe convencia de que era importante fazer aquilo, não sabia o motivo, simplesmente fazia. Talvez montasse um quebra-cabeças, buscasse um nome, um rosto, uma digital... Estava cansado de ser ninguém, quem sabe, isso lhe bastasse: colecionar fotos, números... buscar a si mesmo na identidade dos outros.

No decorrer de meses, já havia juntado documentos de, pelo menos, um terço daquela população, organizados por ordem alfabética e data de nascimento. E conseguiu memorizar cada um deles — nome, sobrenome, RG, CPF... — excepcional, para quem não lembrava do próprio nome.

Otávio, porém, não ficou a par de nenhuma dessas façanhas, mantendo intacta sua crença de que era Deus quem o recompensava com as carteiras. Era honesto demais, o coitado: não suportaria ouvi-las. De qualquer modo, André Navarro preferiu poupá-lo e preservar a própria imagem, limitando-se à história dos cheques, cuja assinatura valia bem mais que os números: Navarro Companhia Limitada... De onde conhecia aquele nome? Finalmente algo lhe parecia familiar desde que perdera a memória — além do nome daquela cidade, claro! Não que a tenha recuperado ali, mas aquele era o caminho onde deveria procurar e Otávio seria o seu guia.

— Eu?

— Óbvio! Quem mais poderia, se não aquele que portava os cheques? Não tinha dúvida que voltaria para procurá-los. Eram quase três milhões... Quem não voltaria?

Convencido disso, aguardou tranquilo o seu retorno, colocando outras duas carteiras no caminho, como atrativo, para garantir que Otávio reencontrasse os cheques. Batata! Agora, era só segui-lo, na esperança que aquele homem o levasse à tal companhia Navarro ou, pelo menos, algum lugar, alguém... qualquer coisa que o fizesse lembrar quem ele era.

— Não era mais fácil ter falado comigo?

— Tem certeza? Suponha que eu chegasse em você e dissesse: "Olha, perdi a memória, mas esses cheques me parecem familiares", o que me diria?

Certo de qual seria a resposta, André continuou a história numa versão ainda menos detalhada da que lhes narro agora. Naquele dia, após depositar os cheques e já um tanto atrasado pro trabalho, Otávio saiu às pressas para pegar o ônibus. André conseguiu segui-lo até a porta do banco, mas não ousou ir adiante. Já havia entendido que o lugar destinado a um morador de rua era o lado de fora e, o seu limite, a porta. A rua era o lado de fora. Todo o resto estava dentro de alguma coisa: ou de uma casa, ou de um carro, ou de um escritório, ou de um caixão... ou talvez fosse o contrário: a rua seria um grande espaço sitiado por paredes de concreto e ferro, onde uma parte das pessoas habitavam seus muros e a outra parte estava confinada a eles.

Observando que aquele era o trajeto habitual de Otávio, continuou lançando suas iscas naquela mesma rua, todas as manhãs, o seguindo de longe para não ser notado. No primeiro dia, após ser fisgado pelas carteiras, Otávio dirigiu-se à igreja e de lá pegou um ônibus. No segundo dia aconteceu o mesmo, e no terceiro, no quarto, quinto, sexto... ou seja: a vida de Otávio era muito chata! Somente muito tempo depois, ao sair da igreja, Otávio resolveu quebrar a rotina e tomar um cafezinho na padaria ao lado. Havia achado cinco carteiras gordas naquela manhã e, com tempo sobrando, dispensou o ônibus e decidiu ir ao trabalho a pé, explorando as ruas, na expectativa de encontrar outras carteiras pelo caminho. André continuava o seguindo à distância, o que era completamente desnecessário: Otávio estava tão obcecado em encontrar carteiras que já andava de cabeça baixa, esperando dos céus o que procurava no chão. Poderiam caminhar lado a lado que nem mesmo o perceberia.

Chegando ao local onde Otávio trabalhava, André deteve-se na escadaria, frente ao grande obstáculo chamado porta. O prédio não lhe dizia nada, tampouco aquela rua, salvo pelo segurança na entrada, cujo rosto, lembrava bem, pois o havia roubado dias atrás. E começou a revirar o seu caixote de madeira, dedilhando os documentos, um por um: Vamos lá! Letra M, letra M... Madejane... Magno... Marcela... Marco Aurélio! Achei! Marco Aurélio da Conceição, ano de mil novecentos e oitenta e dois...

— Senhor... — gritou, mas nem teve tempo de terminar.

— Não tenho dinheiro! — interrompeu-lhe o segurança.

— Não quero dinheiro. Vim só te devolver isso aqui — respondeu André, entregando-lhe o documento de identidade — Encontrei na rua. Te reconheci pela foto.

— Nossa! O senhor me poupou de uma burocracia danada. Só falta me dizer que encontrou a carteira também.

— Infelizmente não.

— Imaginei... Tinha acabado de receber aquele mês... Perdi quase mil e quinhentos reais. Mesmo assim, obrigado!

— Disponha! Só me tira uma dúvida: o que funciona neste prédio?

— Eles mechem com negócio de publicidade, evento, campanha... Tá vendo aquele *outdoor* do outro lado da rua? Foi feito aqui.

— Entendi... Por acaso, o senhor conhece alguma Navarro Companhia Limitada?

— Se conheço? Moço, é o que tem tirado o sono de todo mundo aqui.

— O que houve?

— Tão dizendo que essa tal companhia comprou a empresa. Estão todos com medo de perder o emprego, mas parece que o dono sumiu... Pelo menos, é o que dizem. Vai saber se é verdade.

— E sabe me dizer onde fica?

— Rapaz... falaram que é de fora. Teve alguém do financeiro que pesquisou o CNPJ e parece que é lá de Londrina.

Londrina... Londrina.... Lógico! Agora tudo fazia sentido: a compra da empresa, a comemoração, o acidente... lembrava de tudo! Ele era o tal dono desaparecido: André Navarro... Isso! Este é o meu nome: André Navarro!

— Tudo bem senhor?

— Melhor impossível!

— Posso ajudar com algo mais?

— Não, obrigado! O senhor já ajudou bastante — respondeu-lhe entusiasmado, mas logo mudou de ideia: — Aliás... o senhor tem uma caneta e um papel?

— Claro! — respondeu-lhe, já arrancando uma folha de seu bloquinho — o que mais?

— Já que perguntou: poderia fazer uma ligação para este número? — disse-lhe, devolvendo o papel e a caneta — Peça, por gentileza, que o senhor Antônio Nóbrega me encontre no endereço anotado. Diga que é o André.

— André de quê?

— André! Ele vai saber.

— Tudo bem. Mais alguma coisa?

— Sim, sobre a sua carteira: procure um funcionário chamado Otávio, que acabou de subir. Descreva, em detalhes, como era a carteira, o dia que a perdeu e o valor exato que havia dentro. Creio que ele possa ajudá-lo. E fica tranquilo sobre o teu emprego. Apenas evite participar das fofocas a partir de hoje. É um conselho.

Em exatas duas horas, após a ligação de André, Antônio Nóbrega encontrava-se no endereço marcado, acompanhado de outros dois sócios. Demoraram quase o mesmo tempo para reconhecê-lo. Como já se sabe, levaram-no àquele hotel caro no final da rua onde, após um demorado banho, André Navarro desceu ao restaurante para fartar-se com tudo aquilo que lhe apetecia: dos bichos do ar, da terra, do mar... assados, crus, cozidos, fritos... Seus sócios juntaram-se a ele e pediram vinho. Três garrafas depois e algumas visitas ao banheiro — de onde voltavam com o nariz fungando —, passaram a pedir whisky. E gargalhavam com todas as peripécias vividas por André, narradas com bem mais detalhes do que revelaria a Otávio.

Deixaram o hotel apenas na manhã seguinte. Do helicóptero, ainda pairando sobre a cidade, André retirou a tampa do seu caixote de madeira, como se libertasse milhares de pássaros de uma gaiola, deixando os documentos serem arrastados pelo vento das hélices, cobrindo o céu e as ruas de verde, numa inacreditável chuva de identidades.

Contemplando o fabuloso espetáculo, Otávio primeiro sentiu medo, em seguida, sonhou alto:

— Bem que podia ser dinheiro! Uma tempestade... — idealizava, já pensando na recompensa pela árdua tarefa de devolvê-las.

A CIRANDA

Não me resta outra coisa a não ser esperar — que não demore. Os urubus, tão gentis, também esperam, já as moscas... não têm o menor respeito. Como não conseguem me levar ao inferno, trazem o inferno até mim. Belzebu é o "Senhor das Moscas" e só a ele obedecem, não importa o quanto tente espantá-las. Pousam em mim, trepam em mim, botam ovos em mim; me comem vivo. Dá pra aguardar um pouco? Ainda não morri! Ainda não... Acham que são as únicas famintas? Olhem para mim! Olhem os urubus! Tudo ao redor está com fome ou com sede, nesse lugar desolado, seco até onde o olho alcança. O açude está seco, o gado está seco, a terra está seca... A única coisa que insiste em permanecer verde é o mandacaru.

Mas nem sempre é assim. Basta uma chuva para colorir todo este solo árido. Deste mesmo chão, é possível nascer seriguela, umbu, cajá, caju, juá, murici, pitomba... No terreno do Coronel, estão plantando até lichia... Conhece lichia? É um tipo de pitomba metida a besta, só que mais suculenta — e mais saborosa, confesso. No entanto, gosto de comer o que é daqui mesmo, de coisas simples. Nunca provei lagosta, não tenho ideia do que é caviar... Champanhe, para mim, é uma espécie de rojão cheio de espuma, que o povo explode no réveillon só pra derramar nos outros, nunca bebe. Prefiro um piau frito, ovo de codorna e cerveja bem gelada, mas não dispenso uma branquinha não. Aliás, cairia bem uma agora. Preciso esquentar o corpo. Largado no meio do sertão, o sol pelando e eu tremendo de frio.

Não! Ainda não morri, pois sinto frio. Também sinto sede, fome e dor, muita dor. As moscas não param de me atormentar e os ferimentos já estão tomados por larvas. E se eu comesse um punhado delas? Bicho-de-goiaba é goiaba, não é? Logo... Irei apenas repor parte de mim que elas devoram. Talvez consiga durar um pouco mais. Só um pouquinho mais... Por que mesmo? Quem irá encontrar-me neste fim de mundo? Pra que prolongar essa dor? No momento, um copo d'água me bastaria... Talvez alguém para abanar as moscas, já que não consigo me mexer. Sou uma cabeça presa a um corpo imóvel, estirado no chão, que ainda sente dor e frio. Será que a morte é assim?

Não! Ainda não morri, ou não estaria incomodado com as moscas. Diabos! Custava matar-me de uma vez? Que me cavassem um buraco ou, pelo menos, me enterrassem em uma vala qualquer! Mas preferiram me largar aqui, morrendo aos poucos, comido de dentro pra fora pelas varejeiras. Definitivamente, não estou morto. Sei que não! Ainda há muito ódio em meu peito, além de uma bala alojada e milhares de moscas nos ferimentos.

O covarde nem teve coragem de me encarar. Pagou dois pro serviço que, por sinal, deixaram incompleto. Descarregaram a munição inteira e só me acertaram três tiros, sendo um de raspão e outro na coxa. O mais grave, no peito, deve ter atingido a coluna, talvez por isso não consigo me mover. Incompetentes! Podiam caprichar na mira. Bastava uma única bala na cabeça e pronto! Não estaria aqui passando perrengue. As moscas me comem vivo e darei a elas o crédito da minha morte, não a vocês — nem mesmo ao Coronel que lhes pagou — mas às moscas, aos germes e ao tempo. Contudo, o tempo, bem como os urubus, também espera. Há um certo sadismo da parte dele em me manter assim.

O sol se despede e as moscas recolhem-se ao inferno de onde saíram, substituídas pelas muriçocas. Os urubus dão lugar às estrelas, tão numerosas quanto os meus medos. Já não sinto o corpo; acho que congelou. Se tremia de frio debaixo de um sol escaldante, imagina durante à noite. Fui transportado do Seridó à Sibéria numa fração de segundos. Estou fraco, faminto, e a desidratação me causa vertigens. Posso jurar que estou vendo a Aurora Boreal em pleno sertão nordestino neste exato momento. Em delírios, vejo a caatinga toda coberta pela neve e o açude já não está seco, e sim, congelado. É a primeira vez que vejo a neve e não é branca como me disseram, mas negra. Cobriu tudo com uma escura e espessa camada de gelo — que noutra situação chamaria de noite — e que derreteu inteira, logo nos primeiros raios de sol. Confundindo o calor da peste com as labaredas do inferno, as moscas retornam como se a quarta praga do Egito se estendesse ao sertão. Já não me incomodo... Tampouco sinto frio ou dor.

É assim? Continuarei consciente mesmo depois da morte? Que horas desligam tudo? Cadê o tal do descanso eterno? Fartos de tanto esperar, os urubus ressurgem no alto, numa grande ciranda celestial — girando, girando — chegando cada vez mais perto. Não! Não são urubus! Agora posso vê-los melhor. São anjos, centenas deles — negros como a neve — vindo ao meu encontro para carregar-me aos céus... pedaço por pedaço.

INFERNO ASTRAL

Nasce o sol, num céu *dégradé*, vermelho igual à bandeira do Japão. O que era forró vira macumba e os músicos ainda persistem em sopros e cordas. Menos Roberta, que dorme na areia ao lado do cavaquinho. Sim, ela dorme pela manhã.

Dançando como borboleta que perdeu uma asa na vela e insiste em querer voar, que nem saci, pulando e girando numa perna só... Este sou eu, bêbado, como todos os que amanhecem no Arpoador: músicos, policiais e mendigos. Até mesmo Roberta, ali, deitada na areia — talvez sonhando — até mesmo ela estava bêbada. O sol, já sem cor, mas com força, a acorda.

Me pede um beijo... — não, não foi um beijo, mas um cigarro — agora sou eu quem está sonhando. Ela só queria um cigarro. E queria muito. Suspeito de que não foi o sol a despertá-la, mas o vício.

Fumamos nosso café da manhã, curiosos um com outro, aliás, não nos conhecíamos. Ela tem namorado — lembrei agora: fui eu quem pediu o beijo. Roberta não tem 24 anos — parecia, embora fosse mais velha —, é mãe de dois filhos e disse que está no seu inferno astral. Conversamos por horas que pareceram segundos — numa contagem regressiva do dez ao zero — e nos despedimos: ela pra Madureira, eu, Laranjeiras.

Volto ao Arpoador na semana seguinte. É a vez da lua ficar vermelha. Lua de sangue — coisa que só acontece de trinta em trinta anos e que, segundo algumas crenças, seria um dos sinais que precedem o fim dos tempos. Aguardo o eclipse com a mesma intensidade que almejo encontrá-la...

Naquela noite caiu um dilúvio. Os ventos, fortes como a ira dos deuses, fecharam a cortina do céu com nuvens e arrastaram a lua, o astro daquele palco, para bem longe... bem depois de Madureira.

DAMA-DA-NOITE

Havia uma canção distante... um perfume trazido pelo vento. Sussurrou-me ao ouvido — "Saia de casa!" — vibrando tudo que é pelinho.

Nunca fui lá de obedecer, mas o convite me parecia tão... tão convincente — uma canção distante e um perfume trazido pelo vento, sem endereço nem hora marcada. Oras, perfeito!

Saí de casa cavalgando as próprias pernas. A cabeça, destacada do resto, flutuava. Me dei conta de que havia chegado ao meu destino quando a vi rodando a saia, beijando todo mundo e, sobretudo, sorrindo. Era dali que vinha o perfume, abanado pela saia que rodava, levado por Iansã até mim. Ela sorri!

Naquela noite, dançou sorrindo, caiu no chão sorrindo, levantou-se sorrindo, quase foi atropelada sorrindo. O som da buzina rasga a madrugada e a agarro num susto que logo vira abraço, que logo vira valsa e que tão logo vira desejo... O beijo, inevitável, parecia ter sido sonhado faz tempo.

— Preciso ir embora — ela dizia, abraçando-me mais forte e amarrando uma de suas pernas ao meu corpo como serpente.

No momento, nos abraçávamos com o corpo todo: braços, mãos e pés, a palma e a planta. Pescoços, cabelos, lábios e santos. Cada um de nossos poros se beijava e cada parte do corpo dava um nó.

— Preciso ir embora — insistia, tendo a lua por testemunha.

— Preciso ir embora — repetia, tendo o sol por advogado.

Algo acontece que não nos deixa sair um do outro... Leite de mandrágora, óleo de Ylang Ylang, o feitiço em sua pele, uma música distante... O perfume trazido pelo vento, agora dorme ao meu lado... ou me vem em pensamentos.

M.

I

Com onze anos de idade, eu cheirava pó e brincava de boneca. Aos doze, engravidei, o bebê, nunca vi. Morreu espancado, ainda no ventre, por meu padrasto... seu pai.

— Tem o diabo no corpo! — ele dizia — Não vale nada!

— Eu te amo! — ele dizia — Volta aqui ou eu te mato!

— Linda como a mãe — QUE DEUS A TENHA!

— Vagabunda como a mãe — QUE O DIABO A CARREGUE!

Nove anos... Esperei nove anos para criar coragem. Naquele dia, ele viu o diabo... Sim, ele o viu, nos meus olhos. Fiz questão de ficar de olho aberto. Era tão bonito, assim, morrendo. Era tão belo, encarnado a sangue...

Foi a primeira vez que sorri. Devo ter feito o mesmo no velório, por isso desconfiaram.

— Estou livre!!! — gritei de um lado.

— Esteja presa! — gritaram do outro.

Cada um na sua própria jaula: meu padrasto num caixão, eu, na cadeia e meu filho, num vidrinho... E de que outra forma ele chegaria à universidade? Só assim mesmo, dentro de um vidro.

Meu padrasto ainda vaga por aí, arrastando correntes, sussurrando no meu ouvido... Eu mesma o pus no caixão, por que não consigo enterrá-lo?

Em cada olhar, cortejo — em mulheres e homens, policiais e bandidos... No suor nojento que pinga em minhas costas. Nas línguas, mãos, paus... Todo dia meu padrasto ressuscita do inferno e me come, sem permissão.

II

Ontem, conheci uma nova companheira de cela, a Su, e, ainda ontem, descobri algo que nunca havia passado pela minha cabeça: Sexo pode dar prazer, sabiam disso? Quem diria!? Tô com quase quarenta anos, presa há tanto tempo... Tem pelo menos trinta anos que sou fodida e somente ontem... — Su... Minha doce Su! Minha safada!

"Ai, Su! Isso! Isso! Aí, Su! Aí!!!"

— Que tal um cineminha? — brinca.

— Prefiro uma praia!

— Ou uma cachoeira?

— Praia!

— E que tal um filho?

— O que houve com a praia?

— Aceita um teco? — retorna à realidade.

— Estica aí!!!! — aceito a realidade.

É bom ter a Su aqui por perto... outra mulher. Macho não vale porra nenhuma, nem os de fora, nem os da família. Policial então...

O Pereira... Esse nasceu sem mãe. Era gente da pior espécie. Aliás, nem gente ele era. Maltratava demais as meninas... Mas era quem conseguia o pó, por isso ninguém apagava o desgraçado.

Cobrava caro: cinquenta paus por uma merrequinha. Cinquenta paus enfiados com força por tudo que é buraco. O pó? Não! O pó era pelo nariz mesmo. O nariz sempre foi do vício, já o resto do corpo nunca foi meu, nem de ninguém! Minha buceta é uma cadela sem dono, mas meu coração pertence a ela, minha doce Su, minha putinha!!!!

— O quê? Qual a minha graça? Prazer, me chamam de M! Emily, não! "Ê-MÊ", assim, só a letra.

— “M” de quê?
— “M” de “M”!
— Maria Madalena, Meretriz, Mulher Maravilha?
— Não! Só “M” mesmo!

III

Seis mil, quinhentos e setenta, seis mil quinhentos e setenta e um, seis mil, quinhentos e setenta e dois... Ficou bonita a parede, assim, toda riscadinha... Mas vou parar de contar. Deixa o dia mais longo. Na falta do que fazer, realizo outros tipos de cálculos, tipo: Quantos cigarros fumei durante esse tempo?

— Cento e trinta e um mil, quatrocentos e quarenta.

Um cigarro tem cerca de nove centímetros, sendo seis deles fumáveis. O resto é filtro. Isso sem calcular a diferença de tamanho entre maço e *box*.

Se colocados em fila, sem o filtro, eu teria sete mil oitocentos e oitenta e seis metros e quarenta centímetros de cigarros fumados. Quase oito quilômetros.

Oito quilômetros é coisa pra caralho! Deve ser a distância daqui pro mar. Essa cela tem o quê? Cinco metros quadrados?

Nove milhões, quatrocentos e sessenta e três mil, seiscentos e oitenta minutos numa cela de cinco metros quadrados. Divido minha cama com a Su. Divido meu corpo com a Su. Meu cigarro... Cago na frente da Su! Isso há apenas uma semana e ela já diz que me ama. Quer casar comigo. Pra quê?! Meu Deus, Su!!! A única coisa que quero são oito quilômetros de distância de ti, desse lugar!!! Pelo menos oito quilômetros, numa praia, sem ter que olhar pra tua cara... Sem ter que falar com ninguém.

— Que tal um cineminha?

— Prefiro a praia!

— Quer casar comigo?

— Socorro!!!

Acho que vou matar o Pereira. Preciso de uns dias na solitária, longe da Su.

— Puta que pariu, Su! Sai de perto de mim ou desisto do Pereira!!! Pereira??? Me vê uma de cinquenta!

Vampiro! Sanguessuga!!! Só tá vivo porque sou viciada. Vai chegar a tua hora, Pereira! Nem que eu tenha que virar crente e largar o vício. Um dia tu me paga!

— Su?! Acorda, Su! Conversa comigo! Preciso de alguém... Su?! Eu te amo, Su!

Mais dez voltas em torno da cela, três cigarros e cinco chutes na parede....

— Acorda, porra!!! Tô ligadona. Bora! Fala comigo! Pereira??? Volta Pereira! Eu te amo...

Não há nada acontecendo dentro de cinco metros quadrados, nem barulho de grilo.

— Acorda, Su! Trepa comigo! Pelo amor de Deus! Alguém me dá um tapa na cara!

Duzentos e trinta e quatro voltas na cela. Estou sem saco pra calcular o quanto é isso em quilômetros. Se for somar todas as voltas, vai dar pra ir e retornar à lua umas sete vezes.

Mas, por que eu retornaria? Ficaria por lá mesmo, sem a Su, sem o Pereira... Cadê o Pereira? Preciso dele agora — Retorno da Lua! — Pereira?!

— Filho da puta! Um dia eu te mato, Pereira! A tua sorte é o meu vício.

IV

Seis mil, quinhentos e setenta e três...

— Bom dia! O café da manhã já está servido! Curtam um belo e ensolarado domingo na praia! Agora acorda de verdade que vai haver inspeção nas celas.

Dia de sol no pátio da penitenciária. Era pra ter mais espaço do que minha cela de cinco metros quadrados, porém, imagina todas juntas num lugar que, se você olhar pra cima, dá pra ver um pouquinho de azul, se olhar pra baixo, faz sombra na vizinha. Pelo menos, dá pra ver outras caras além da Su.

— Ai, Su, como tu é azeda!

Um dia vou conseguir fazer todas se deitarem de barriga pra cima, uma do lado da outra, só pra poder fumar um cigarro e olhar pro céu... e ver a fumaça subir... subir...

Me lembro muito da praia. Da brisa, da areia, da água de coco. Foi quando tive a ideia, olhando o vendedor abrir o coco. Imaginei meu padrasto no lugar do coco. Fui lá, então, e fiz. Só não tive coragem de beber o sangue. Era nojento... Mas achei bonito o vermelho.

O que minha mãe diria se estivesse viva? Nada! Minha mãe morreu muito antes de falecer. No dia em que pôs aquele canalha em casa. Devia ter me enterrado com ela... Minha mãezinha — que Deus a tenha!

Sede! Por que fui pensar no meu padrasto? Deu vontade de uma água de coco bem gelada. É a ressaca de ontem. Juro que até o sangue dele eu encararia agora.

— Guarda! Me traga uma cerveja estupidamente gelada! Bebida pra todo mundo, por minha conta! Mas tem uma condição: Que todas se deitem de barriga pra cima, uma do lado da outra, que eu quero fumar um cigarrinho e curtir o azul do céu. Também traz uma água de coco, por favor! No crânio do meu padrasto!

Não dá pra viajar muito não, que logo soa o apito. — Que foi? Quem se afogou? Esconde o baseado! — É hora de voltar pra cela.

— Olá, Su. Também te procurei. Também senti tua falta. Também te amo.

V

A primeira vez que menstruei, eu nem achei estranho. Já havia sangrado outras vezes... Só não entendi por que sangrou sem doer nada, sem ter sido tocada por meu padrasto. Antes, ele dizia: "Deixa eu dar um beijinho que para de doer". Naquele dia, mandou eu me lavar.

Também não sabia o que era TPM até parar numa penitenciária feminina...

— O que é, Su??? Também tá de TPM? Ótimo! Agora somos duas, dividindo os mesmos cinco metros quadrados. Hãn??? Ah tá! Também te odeio, Su!

TPM na prisão é foda! Hoje, quis brigar no pátio com uma bonitinha que fez sombra no meu pé. Toda arrumada, de minissaia, até perfume! Pra quê? Pra quem? Quis dar na cara dela! Quem mandou fazer sombra em mim? Quem ela acha que é? Mal chegou na área e já quer me mostrar o quê? Que o tempo passou? Que daqui a pouco ela sai e eu continuo mofando nessa merda? Como ousa cobrir o meu sol sagrado?! Quem mandou ter sombras tão cheias de curvas?

— Su me disse que sou linda! Ela gosta de mim! Ela é cega de paixão! Ela é tão... doce.

Matou a mãe com uma machadada... Não gosto nem de pensar. Disse que a mãe a entregava na mão de alguns doutores, inclusive juízes, em troca de cesta básica. Chegou a me confessar que até gostava. O problema é que a mãe, arrependida, quis tirá-la dessa vida.

Eu entendo a Su. Quando se passa a vida toda sendo abusada, a gente perde a noção das coisas.

VI

A menstruação não desce, a TPM não cessa e a ressaca não cura. Acho que vou vomitar...

— Su? Acorda, Su! Eu te amo!

Nasce um coração em mim e ele bate que nem tambor, que nem cassetete da polícia contra o escudo, em dia de rebelião. Tô tão emotiva que choro só de ver a Su dormir... — Olha, parece um anjo...

— Acorda, Su!

Meu peito tá maior. Meus quadris estão maiores... — Cadê a vadia das sombras voluptuosas, hein?! A que cobriu o sol do meu pé? Quero ver quem é a mais gostosa agora!!

Tô enfezada! Não cago há três dias, mas mijo a cada dois minutos.

> *"Recomenda-se uma dieta balanceada em fibras para evitar a prisão de ventre".*

O ventre é muito exigente. Imagina? Se eu tivesse essa marra toda eu comeria Strogonoff. Aqui, preso não tem vez. A gente come o que tem e quem reclama fica com fome. Aliás, não tenho sentido muita fome não e nem tenho cheirado. Não vejo o Pereira há, pelo menos, oito semanas. Oito semanas...

— Pereira, filho da puta, eu falei pra não gozar dentro!!!!!

VII

Essa noite, minha mãe me apareceu. Não sei se em sonho ou como assombração. Balançava a cabeça e repetia:

— Que desgosto, meu Deus! Que desgosto!

Chorei. Pedi pra ela cuidar de mim, mas ela apenas repetia:

— Que desgosto! Que desgosto!

Cravei um machado em sua cabeça e ela sumiu.

— Acorda, Su! Tem fantasma na área.

Levanto, vasculho a cela inteira e nada! Estava tudo igual: as grades, o pôster do Roberto Carlos, a Su dormindo, os seis mil, quinhentos e setenta e blaus tracinhos riscados na parede... menos o machado. Onde consegui o machado? Por que não o usei pra fugir daqui? Procurei em cada milímetro dos cinco metros quadrados daquela cela e cheguei a uma conclusão: não havia machado. No fundo, no fundo, nem parecia direito a minha mãe. A história da Su era pesada demais... me impressionou. Por incrível que pareça, ainda me impressiono.

VIII

Há uma vida aqui dentro e não é minha. Há um coração pulsando que não é meu. Eu nunca tive nada — nada mesmo — talvez por isso eu queira ter o bebê. Me contenta saber que parte de mim vai sair desse lugar, que parte de mim vai poder ver a praia e beber água de coco.

Deve ter o quê? O tamanho de um amendoim? Não dá nem pra ver. Ninguém vai saber até a barriga caguetar.

Se for menina, vai se chamar Regina. Vai ser menina, tenho certeza. O mundo não carece de mais homens, não!

Regina... Era o nome da minha mãe — que Deus a tenha! Lembro pouco da minha mãe. Bem pouco mesmo. Lembro dela passando os dedos nos meus cabelos preu dormir. Acho que só lembro disso. Depois que ela morreu, essa função ficou pro meu padrasto e já não era tão bom. Não conseguia dormir.

Sinto muita falta dela, mesmo sem lembrar. Falta de praticamente tudo, até do rosto. Não consigo lembrar seu rosto... só dos cabelos, longos e cacheados. Quando penso nela, me vem um vestido vermelho — comprido e brilhante — e seus cabelos esvoaçados... Mas falta o rosto, então completo com a face de Nossa Senhora.

— Regina... Deve ser nome bíblico, não? Santa Regina? Acho que sim.

Do meu pai não sei nada. Não o conheci. Minha vó só falava dele como um monstro. Devia ser mesmo... Pra minha mãe aceitar, depois dele, aquele porco, meu pai devia ser o próprio belzebu! E sabe como é: filha do diabo...

Mas Regina, minha filha, não! Ela será diferente: doce e pura. Dormirá numa rede armada entre duas palmeiras, ao som do mar, amamentada com leite de coco.

— Salve, Regina! — gritarão as gaivotas, servindo-lhe sardinhas, camarões e biscoito Globo — Salve, Regina! Minha filha! Meu amendoim!

IX

Acenderam os holofotes. Tudo em mim brilha! Meu cabelo brilha, minha pele brilha, meus peitos... Teve até gente querendo me bater no pátio, nas tardes de sol. Eu brilhava mais que o sol.

Todas me olhavam. Desconfiadas, será? Daqui a pouco não vai dar pra esconder. O amendoim vai virar azeitona, a azeitona vai virar maçã, a maçã vai virar coco — que vai espernear, espernear... até virar bebê.

Queria eu espernear, espernear até a cadeia me parir, pelo menos por um dia. Iria te levar à praia, entrar no mar com o barrigão, que nem a Leila Diniz, livre...

Tenho saudade de pisar descalça na areia. Aqui não tem areia. Se tivesse, a gente cavava e fugia. É tudo cimento e ferro. Tudo cinza... como as pessoas.

A Su me disse que estou mais corada.

— Deve ser de vergonha. Tanta gente me olhando...

— Não! — retrucou ela — Você está diferente.

Dividir a cela com uma louca apaixonada é uma péssima ideia. Não há um só lugar para se ficar sozinha. Nenhum sofá na sala, nenhum banheirinho com porta. Nada! Somente cinco metros quadrados, com um beliche de um lado e o sanitário do outro. A Su participa de tudo na minha vida. Sabe quantas vezes vou ao banheiro, o tempo que levo no banho, o dia que menstruei pela última vez. Reconhece até o aroma característico dos meus peidos — se são meus ou não — durante os banhos de sol no pátio.

— Me deixa ter privacidade, Su, pelo menos, dentro de mim!!!

X

Ninguém mais liga pros meus seios, a pele corada e os cabelos brilhantes. A estrela do momento é a barriga — meu sol — e o mundo gira em torno dela. Está bem aparente, redonda, com o umbigo saltado e perninhas que dão chutes.

Não sei se lá fora é assim, mas aqui na prisão, toda mulher, por mais durona que seja, se sente um pouco mãe diante de uma grávida. Ou, pelo menos, algo parecido com avó. Passaram a me oferecer bolos e biscoitos, trazidos por seus familiares em dia de visita.

Quem esquartejou o marido me serviu chá para cólica. Quem matou a patroa cedeu-me um lugar ao sol. A que maltratava os filhos chorou e beijou os meus pés. Até as carcereiras sorriam e me davam bom dia. Me protegiam, me paparicavam... Receitavam remédios e mandingas passadas por gerações e gerações de ciganas e pais de santo. Receitas para todo tipo de dor, náusea, cansaço, gases e inchaço nos pés... Um verdadeiro manual prático da gestante, bem melhor que o Dr. De Lamare[2].

Mas nem tudo é perfeito. Mais cedo, encontrei o Pereira no corredor. Esticou uma carreira no chão, preu cheirar de quatro, grávida.

Meu nariz é do vício, sempre foi, mas meu corpo pertence à Regina. O corpo todo: meus peitos, minha barriga, minhas costas que doem... É tudo dela... menos o nariz. O coração? No momento, o coração tá acelerado demais para sentir alguma coisa.

Curvei-me como uma porca que fuça a terra, sobre as quatro patas — o corpo que pertence à Regina prostrado ao chão. O focinho pra

---

[2] Rinaldo Victor De Lamare, médico pediatra e autor do livro *A Vida do Bebê*, 1941.

farinha, o rabo pra linguiça... tá servida, ao Pereira, a feijoada. Me comeu, acariciando a barriga, enquanto eu cheirava o pó, grávida.

— Se for menina, eu pego pra criar — falou o desgraçado, babando nas minhas costas.

Meu padrasto me sorriu ao ouvido... Buuuú! Esperneei... Esperneei que nem você me ensinou, minha filha, pra ver se ele me largava. Esperneei, enquanto ele me sufocava contra o chão para silenciar o meu grito. Duas carcereiras me socorreram, com a ajuda de um agente. Antes, passariam direto, sem ver nada.

Pereira jamais vai saber que é o pai. Nunca irei contar. Gente que nasce sem mãe não tem o direito de ter cria. Não respeitaria nem o próprio sangue.

XI

Hoje, pela manhã, recebi a visita de uma assistente social. Regina ficará comigo os primeiros meses para amamentar. Depois, vai para um abrigo, sob a responsabilidade do Estado, até que eu cumpra a pena. Se tudo der certo, saio em cinco anos por bom comportamento. A Juíza determinará se terei, ou não, a guarda da criança.

Rezarei dois Pai Nossos, três Ave Marias e cantarei o Hino Nacional toda manhã, logo que me levantar, juro! Farei a Primeira Comunhão, a Crisma e o Programa de Socialização do Governo. E, acima de tudo, suportarei com paciência todo o amor descontrolado e dedicado a mim, vinte e quatro horas por dia, pela minha companheira de cela, Su. Amém! Declaro, também, para os devidos fins, que faz parte do meu novo comportamento, um linguajar mais formal. Amém de novo!

— Meretriz que te deu a luz, Su! Dá uma força aí! Ou melhor: Seja solidária com a causa, Su, por obséquio!

XII

As águas do mar batem no meu pé e recuam. Retornam acima dos joelhos e mais uma vez, molhando tudo: pernas, roupa, lençol... Como o mar veio parar aqui? Adiante, Regina sorri para mim, num barquinho.

— Su? Acorda, Su!

Um, dois, três, quatro

Um, dois, três, quatro

— Su? Me ajuda!

Um, dois, três, quatro

Um, dois, três, quatro

— A bolsa estourou, Su. Acorda!

Um, dois, três, quatro

Um, dois, três... — e vem o choro.

Posso até ouvir o som dos sinos soarem: *Blem! Blem! Blem!*

— Salve Regina, a inocente! A única, no meio de tanta gente ruim!

Seu choro ecoa pelos corredores, acordando as presidiárias. *Blem, blem, blem!* — batem com força suas tigelas contra as grades. Todas, sem exceção, celebram a tua chegada.

— Salve Regina, a que alcançou a liberdade!!! Salve Regina, a coisa mais fofa desse mundo!

Carrego-a comigo o tempo inteiro no braço. Não a largo por nada. Se eu ficar de pé sem ela, caio pra trás, por falta do peso na barriga. O corpo acostuma em nove meses. Imagina o coração...

A assistente social veio conversar comigo. Trouxe a psicóloga junto.

— São seis meses aqui, minha filha, pra mamar. Depois, você vai para um lugar melhor. Se minha avó estivesse viva, você iria morar com ela. Lá era tão bom! Não tinha praia, mas havia um açude. E galinha ciscando, e terra, e pé de feijão plantado no quintal... Me perdoa, viu? Me perdoa por ficar triste! Por querer manter-te presa, aqui comigo, pra não me sentir tão só.

A que rodou com crack fez um macaquinho rosa, com o nome Regina bordado. A que incendiou a tia ofereceu-me o ombro e chorou comigo, até o fim do dia, quando voltamos para a cela. A Su me recebeu em silêncio. Massageou os meus pés, ajudou-me com as fraldas do bebê, madrugada adentro, sem dizer uma palavra. Tarde da noite, tomou Regina nos braços e pediu para que eu descansasse. Não queria. São apenas seis meses. Não dá tempo pra dormir, só pra sonhar. É muito pouco, para quem já passou tanto tempo presa, para quem ainda tem que esperar cinco anos.

Fui esquecida na prisão de propósito, pra deixar de existir... Meu padrasto era afilhado da Delegada. Sumiram com minha ficha, apagaram o meu nome. Só deixaram a letra M. Quem iria gritar por mim? Não há ninguém por mim lá fora e, aqui dentro, não tenho voz. Eu não existo! Mas todas ouviram o teu choro, Regina. Agora sabem que estou aqui, que sou mãe. Graças a você, filha, sairei em cinco anos, por bom comportamento. Acharam justo, já que ninguém, além de mim, sabe há quanto tempo estou presa, nem o por quê, nem quem sou. Cinco anos é nada, pra quem já esperou tanto... Mas é tempo demais para quem ficará tão pouco ao teu lado, filha. Seis meses... Seis meses é toda uma vida para quem acabou de surgir no mundo.

— Adeus, Regina. Saia antes que te venham recordações deste lugar. Retorne, apenas, para me visitar, para que não te esqueças de mim também...

XIII

Nunca havia recebido visitas... Sou a pessoa mais antiga nessa penitenciária, tanto do lado de cá da cela, como do lado de lá. Não há uma prisioneira ou carcereira, nem copeira ou agente mais cansada desse lugar do que eu.

As pessoas entram e saem, mudam de patente... morrem.

— Prazer, me chamo M.

Trouxeram minha filha apenas os três primeiros meses. Depois, não a trouxeram mais. Na última vez, já não queria mamar, apenas chorava.

— Toma peitinho, filhinha, ainda tem leite. Toma.

Bebê não tem vivência suficiente para exercitar a memória. Regina acabou esquecendo quem sou. Aliás, todos esqueceram. Quando a levaram, voltei a ser uma presidiária comum, sem ninguém pra chorar por mim. No momento, o único choro que se ouve nos corredores é o meu.

Não chorava desde os onze anos de idade. Foi quando minha mãe... Meu padrasto conseguiu espremer as últimas gotas que restavam. Depois disso, meus olhos secaram.

Você trouxe de volta o brilho no meu olhar, Regina. Agora, esse brilho escorre por meu rosto, salgando-o que nem o mar. Mas ninguém me ouve.

Faço como me ensinou, mas é diferente: choro pela dor que sinto, você, não. Você chora pela vida. E há tanto leite no meu peito para silenciar o teu choro... Escoa por meus olhos, transformado em lágrimas.

Dizem que uma vítima de estupro não deve gritar "Socorro!", pois assustaria a ajuda. Ao invés disso, deve-se gritar: "Ladrão! Ladrão!", que logo aparecerá uma multidão louca por um linchamento.

De uma forma ou de outra, esse tipo de pensamento é responsável por meu padrasto estar morto e eu aqui, presa. Deveria ser o contrário. O certo seria o contrário. Queria ver aquele filho da puta aguentar a cadeia, ainda mais com o histórico que tinha. Faria questão de visitá-lo, de gritar para todos os presos ouvirem o que ele fazia comigo, quando criança, enquanto ainda chorava a morte de minha mãe. Iria implorar para que eu fizesse o que fiz. Morrer foi pouco. Queria eu estar no lugar dele.

Passei a infância inteira berrando por socorro. Jamais alguém apareceu. Nunca houve quem gritasse por mim. Naquele dia, todos gritaram contra.

— Foi ela! Foi ela!

As pessoas adoram linchamento. Quem são elas pra julgar se o que fiz é mais monstruoso que seus desejos de justiça? Quem sentiu a minha dor? Fui presa por cortar a cabeça do meu padrasto com um facão. Por pouco, escapei de ser esquartejada por uma multidão enfurecida, justiceira e sem motivo. Gritei por socorro, mas eles preferiram ouvir os que gritavam "Ladrão!". Não deram a mínima importância ao que passei. Sangue derramado chama mais atenção do que sêmen na garganta de uma criança. Agora, estou eu gritando mais uma vez por socorro, num lugar onde gritar "ladrão!" não faz o menor sentido.

Depois que minha filha se foi, todas ficaram surdas. Mesmo presa, não sabia o significado de solidão... até agora.

XIV

Cento e cinquenta e sete milhões, seiscentos e oitenta mil segundos sem minha filha. É assim que tenho contado o tempo por aqui, já que os dias de cárcere não me dizem mais nada.

Há cinco anos, Regina livrou-se do meu ventre. Eu continuo presa. Uma ova que estaria livre por bom comportamento! Nem que eu virasse freira sairia desse lugar. Me largaram aqui para ser esquecida. Pra criar raiz e morrer. Só assim mesmo pra sair: morta.

Regina engatinhou, ficou em pé, aprendeu a andar... a falar mamãe pra uma outra mãe, a falar papai pra um canalha qualquer, com certeza, melhor que o Pereira.

— É chegada a tua hora, Pereira!

Encontrou a minha filha, semana passada. Quem a adotou é conhecida dele, mulher de um colega.

— A menina é bonitinha — disse ele. — E cheirosa.

Juro que, se tivessem me dado a oportunidade de sair hoje daqui, por bom comportamento, não teria feito diferente. Porém nada mudaria na minha vida, nem prolongaria a minha pena. O que eu tinha a perder? Um punhal cravado em sua garganta, rasgando até o queixo. Do seu bolso, apanhei um papelote com uns vinte gramas de pó e voltei para a cela.

Eram tantas carreiras esticadas, que se confundiam aos risquinhos na parede, da contagem dos dias. Mil oitocentos e vinte e seis dias sem Regina. Oito mil, setecentos e quarenta e oito dias presa nessa cela.

O coração passa de sessenta para cem batimentos por minuto. De cem a cento e setenta. Oitenta mililitros de sangue por pulsação; onze litros por minuto. É mais sangue do que tenho no próprio corpo.

Pra que tanta pressa? Ficará que nem eu, circulando, circulando... Andando quilômetros sem sair dos mesmos cinco metros quadrados.

Duzentos batimentos por minuto... Doze gramas de pó no sangue. O resto, eu deixei pra lá. Sairei deste inferno.

Dois Pai Nossos, três Ave Marias! Cento e setenta e três voltas em torno da cela... Finalmente, estou livre! Saí hoje da prisão, às onze horas da manhã. Consegui minha alforria pintando o nariz de branco e, depois, de vermelho, a noite toda, até sangrar. Cheirei o suficiente para me deixar uns dois ou três dias ligadona, mas, antes do amanhecer, adormeci. Esse foi o meu *habeas corpus*...

PARALELO

Não entendo tudo o que dizem, mas acredito nos pássaros.

Aliás, eles podem voar. Saíram de um ovo, mas podem voar.

Nesta manhã, cantavam sobre dois mundos. É assim que cantam em Paraty: dois mundos — um lá fora e outro aqui dentro. Dois mundos, dois tempos, duas realidades.

O acesso ao mundo de fora é a porta, ao passado, é a lembrança, entre duas realidades, o pensamento.

Nem sempre a porta quer dizer sair de casa, mas... às vezes funciona. Quem anda em Paraty consegue transitar entre todos os mundos usando apenas as pernas e os olhos. Menos as crianças, pois elas sabem voar. Por isso acredito nelas como nos pássaros.

> *A mulher que observa o mundo pela janela se transforma em quadro, mas o que ela vê não tem moldura.*

Um lugar entre dois mundos. É assim Paraty — uma cidade dividida em duas: uma em cima da rua, com charretes e fantasmas de outra época; a outra, embaixo, refletida nas poças d'água sobre os paralelepípedos.

Às vezes, parece que as ruas nos fotografam e, depois, expõem as fotos ali mesmo, no chão, nas poças d'água. Fotos antigas... de um lugar antigo... uma cidade entre dois tempos: passado e presente juntos.

Dizem que, na memória, a história não tem movimento. É estática como a fotografia. As lembranças vêm como as imagens refletidas no chão: invertidas, distorcidas, sem foco. O cheiro, o som, o sabor... tudo numa foto. Um determinado momento congelado e descongelado tempos depois.

É isso a memória: um passado trazido pro agora. Quando é o contrário, chama-se saudade.

Falam que o tempo voa... mesmo assim, não acredito nele. Às vezes, o tempo para. Podemos ouvir o tinir das taças, mas o motivo do brinde foi esquecido. A imagem do sorriso permanece, mesmo que se lembre dela com dor.

Sim, o tempo para. Trazemos o passado ao presente, mas não conseguimos voltá-lo, por isso a saudade.

Nas minhas lembranças eu ouço a música,
já na saudade, só o silêncio.

Dois mundos. Assim caminham os bêbados em Paraty — entre dois mundos: um aqui dentro e outro lá fora. Nem sempre a porta quer dizer sair de casa, mas..., às vezes, funciona.

Eu acredito nos bêbados, pois eles, bem como os pássaros, sabem voar.

A RECEPCIONISTA

Não dançou, apenas com os olhos — dois pra cá, dois pra lá — acompanhando tudo o que acontecia na festa. Foi à festa, era a festa... mas trabalhava: subia e descia as escadas repetidas vezes, com "bem-vindos" e "adeuses", sem tempo, nem mesmo, para ser paquerada. Um leve toque nos ombros, um sutil piscar de olhos... o contato que antecipa o contato. Pediu para que telefonasse... Eu ali adiante, olhando em seus olhos, cheio de vontades, cheio de palavras — sem teclados nem fios telefônicos entre a gente.

— Estou trabalhando! — disse, interrompendo toda a minha inclinação ao magnetismo de seus lábios.

Amanhece. Quem dançava abandona as pernas e espera que qualquer coisa móvel o carregue para casa. Mas Joana, que ainda trabalha, sobe e desce as escadas umas outras tantas vezes e, com ar de missão cumprida, segue ao seu descanso, de bicicleta... e sem garupa.

PAREDES BRANCAS

"Em Brasília, prédios e ruas, tudo se parece. Um arco recortado por várias retas, dividindo a cidade em números e letras. O que num lugar é supermercado, no outro, é uma igreja, ou um banco, ou um teatro... mas é tudo igual.
Algo em comum com a antiga capital do país? Nada! O Rio de Janeiro tem mar, e tem montanha saindo do mar, e tem estátua gigante saindo da montanha. Tem gente andando na rua, tem boteco na beira da calçada e tem a Lapa. Em Brasília não há nada parecido com a Lapa, suas construções antigas, infiltrações nas paredes e armários com mofo. Não existe mofo em Brasília. Com dezoito por cento de umidade no ar, seu clima é desértico.
Pessoas se perdem... o tempo todo se perdem na mesmice de Brasília. Na Lapa também, mas se acham muito mais fácil; se acham a todo momento, se acham mais que tudo! E daí?!
O deserto é um labirinto perfeito exatamente por isso: pela mesmice. Sem paredes, sem referências, sem limites..."

A velha máquina de escrever cessa a marcha frenética de suas teclas, reinando o silêncio onde antes havia um metralhar de letras sobre o papel, ao comando dos dedos de Erasmo. Uma pausa para o café e, logo, abandonando a xícara no canto da mesa, torna a datilografar:

"Fora das cidades, na natureza, as coisas são tão distintas entre si... Com exceção das esponjas marinhas que, em sua anatomia, parecem cérebros, mas, no fundo, são tão homogêneas quanto Brasília. Já os cérebros, ora parecem esponjas, ora, a Lapa, ora, labirinto."

Outra pausa, todavia o som da máquina continua a fuzilar o papel. Tudo aconteceu há tanto tempo... não passam de recordações antigas de Erasmo. Deitado numa maca, tendo o corpo asseado pela esponja úmida na mão de uma enfermeira, lembra o tempo em que ainda tinha ideias: sua adolescência em Brasília... De como a achou monótona e confusa logo que chegou àquela cidade para morar — da Asa Norte à Asa Sul — pegar o Eixão e suas infinitas rotatórias, à primeira vista, dava a impressão de se estar rodando e rodando sem sair do mesmo lugar.

Costumava sentar-se sozinho no alto da pira do Panteão, na Esplanada dos Ministérios. Naquela época, bastava ter um pedaço de papel em mãos, um guardanapo qualquer, e logo brotavam histórias nele.

Sentado lá no alto, tomava vinho e contemplava a imponente bandeira sacudindo sobre o mastro. Nenhum sentimento patriótico em seu coração. Apenas admirava o movimento do gigantesco tecido ao vento, tal qual se movem as águas na superfície do mar...

Foi o que o fez querer mudar-se para o Rio de Janeiro: o mar. Contudo era tão fascinado pela noite que quase nunca ia à praia. Virou frequentador assíduo da Lapa, onde gostava de beber sozinho, ouvindo as conversas alheias, acompanhando as situações a fim de pescar delas alguma inspiração. A tudo o que olhava, lhe vinham ideias, desde um simples saco plástico carregado pelo vento... Na Lapa, o que não lhe faltava era matéria-prima: mais de vinte crianças abraçam um gringo que, se achando o cara mais querido do mundo, não percebe sua carteira sendo roubada; a menina recolhe o braço puxado por um turista inconveniente; feministas mudam a letra de um samba antigo e os sambistas da velha guarda, entendendo o recado, seguem cantando a letra modificada. O turista inconveniente puxa o braço de outra menina que também o ignora. Uma fanfarra desce a escadaria do Selarón. O turista inconveniente apanha do grupo de feministas. Passando pela Glória, uma travesti depila os seios siliconados com uma lâmina de barbear, sentada num chafariz. O turista inconveniente a puxa pelo braço.

No entanto, embora possuísse verdadeira fixação pela noite, esta se revelava apenas como ambiente agradável e inspirador. Gostava de seu clima, das coisas que nela aconteciam, da luz da lua e até da luz dos postes. Achava a noite silenciosa, gostava dela. Nesse sentido, a Lapa passou de lugar deslumbrante a desagradável de tão barulhenta. Além disso, Erasmo tinha verdadeira fobia de muita gente transitando. Era, por assim dizer, um tipo de misantropo curioso: amava observar as pessoas, contudo as evitava. Saía sozinho, tinha poucos amigos...

Morava com a tia, Glorinha, de quem ganhou a máquina de datilografar. Graças à tia ser meio surda, passava o dia martelando histórias, varando a noite, batendo na velha máquina sem incomodá-la. Às vezes, saía pela madrugada à procura de inspiração. Pouco a pouco, restringiu suas saídas às proximidades de sua casa. E assim foi até que, um dia, já não saía mais.

Escrevia contos, poemas... Adorava poemas, mas não se considerava um bom poeta — o que não se pode contestar, já que ninguém, além da tia, lia os seus textos. Então veio aquele dia fatídico quando, sentado frente à máquina, após uma pausa para o café, seus dedos frenéticos paralisaram: o fluxo de ideias em sua mente perdia-se no caminho para as mãos, até que a fonte secou.

> *"Esponjas são como Brasília. Já os cérebros... ora esponjas, ora a Lapa, ora labirinto".*

Resolve dar uma volta para arejar a cabeça. Pensou em ir à Lapa, mas logo desistiu e lembrou do mar. Deitou-se na areia, de frente pra lua, com um caderninho sobre o peito e nada! De volta ao lar, tenta escrever algumas linhas. Passaram-se semanas assim até ficar cercado por uma pilha de papéis amassados com duas ou três palavras incompletas.

— É um crime ecológico! — reclamou a tia — Tanto papel amassado assim!

Falava ao vento, já que Erasmo não dava a mínima. Diante da máquina, insistia em escrever alguma coisa... qualquer coisa: arte, filosofia, religião, receita de bolo... De vez em quando, até lhe vinham ideias, mas não conseguia concatená-las, nem organizá-las num texto.

— Meu filho, você tá perdendo sua vida assim! — continuou a tia, ao que Erasmo, assustado, concluiu:

— É isso! — pensou — Morri!

Arranca mais uma folha de papel e a amassa no mesmo ímpeto com que, mais tarde, arrancaria a toalha de mesa num restaurante em frente a sua casa. Sob o olhar estupefato de todos, entrou no estabelecimento completamente nu e, sem dizer uma palavra, puxou a toalha e saiu, indiferente aos pratos e copos quebrados pelo chão.

Em casa, recortou dois furos na toalha que carregara e a vestiu, qual um fantasma, perambulando pela rua como se não existisse. Invadiu residências, movimentando objetos para forjar um *poltergeist,* roubou fruta na feira, deu tapa em careca de pastor pregando na rua... Por fim, entrou num vestiário feminino. Achou que as mulheres gritavam por medo de fantasma e resolveu tirar a toalha, pensando, assim, ficar invisível. Mas nu entrou no restaurante quando roubou o tecido e nu permanecia por baixo daquele pano, o que as fez gritarem mais ainda.

Os gritos chamaram a atenção dos seguranças e Erasmo acabou sendo preso. Saiu somente após a tia pagar a fiança.

— Onde já se viu? Entrar no vestiário feminino... Você ficou maluco?! As mulheres saíram de lá apavoradas!

Enquanto Glorinha gritava pelos cantos da casa — por ser meio surda, ela sempre falava muito alto — Erasmo conversa consigo mesmo, em pensamentos:

— Morri, mas ninguém percebeu isso. Uma endemia mediúnica na cidade: todos me veem, falam comigo, me enchem o saco! Eu, como morto, tenho direito a sossego, a um lugar oculto. Ser invisível, inaudível ou, pelo menos, assustador, como qualquer fantasma que se preze.

Encolhendo os braços como um tiranossauro rex — mãos na altura do peito e os dez dedos esticados em direção à tia — a interrompe num susto fantasmagórico:

— Buuuuuú!

Glorinha, preocupada, achou por bem procurar auxílio médico. Naquele dia, uma ambulância estacionou na frente de sua casa e Erasmo, sedado, foi carregado a uma clínica psiquiátrica — uma dessas com métodos um tanto controversos.

Acordou num quarto todo branco e sem janelas, com apenas um relógio pendurado na parede. Ouvia gritos, não sabia se vindos da parede ou do outro lado dela.

— Quem está aí? — perguntou, obtendo apenas uma gargalhada por resposta.

A porta se abre e a tia, acompanhada do médico, entra para conversar com ele.

— Ei... Tá me ouvindo? — pergunta a tia, aflita — Fala alguma coisa. A gente precisa te ouvir.

— As paredes têm ouvidos. Conversem com elas! Conversem com elas!!!

Dito isso, Erasmo corre em direção à parede, no intuito de atravessá-la — como imaginava ser possível aos fantasmas — mas vê seus planos frustrados ao bater de cara e cair para trás. Permanece ali deitado, enquanto a tia o entrega aos cuidados da clínica.

Ainda no chão, procurava entender o que havia acontecido:

— Estão de conchavo — pensou — Paredes e inquisidores, inquisidores e familiares, familiares e médicos e, por fim, os médicos e as paredes. Por isso não consigo atravessá-las.

Trancafiado no quarto do hospital, observa o mover do ponteiro no relógio.

— O Tempo é homogêneo, igual ao deserto, como em Brasília. Um minuto, nove semanas, cinco horas... Dá tudo na mesma quando só se espera... nada mais, apenas espera, segundo após segundo. Tudo parado igual às esponjas do mar. Igual a mim. Tem sol lá fora? Já é noite? Só vejo as paredes brancas... E basta concentrar-me nelas para que o tempo já não exista. Eis o meu grande labirinto...

Por fim, tenta, em vão, atravessar a parede mais uma vez, desmaiando após o impacto. Mais tarde, com a cabeça enfaixada e, sentindo-se a própria múmia, Erasmo é levado a uma sala para encontrar com a equipe médica: um psiquiatra, um psicólogo e dois enfermeiros que mais pareciam exercer o papel de seguranças. Na sala, uma prateleira com poucos livros e uma mesa redonda onde estavam acomodados os médicos, alguns papéis e canetas sobre a escrivaninha, uma jarra d'água e bandeja com copos.

Erasmo toma uma das canetas e escreve todas as letras do alfabeto na superfície da mesa, contornando-a. Por fim, coloca um copo emborcado no centro, enquanto os médicos, sentados à mesa, o observam:

— Para que as letras? — perguntou o psicólogo.

Indiferente à pergunta, Erasmo mantém o olhar fixo no copo.

— Você sabe que lugar é esse? — arriscou o psiquiatra, ao que ele, movendo o copo, letra após letra, escreveu:

— I-N-F-E-R-N-O

— É? E por que veio parar aqui? — deu sequência, o psicólogo.

— M-O-R-R-I — respondeu, mexendo o copo.

— E de que, você lembra?

Ameaça mover o copo novamente, mas é logo interrompido pelo psiquiatra:

— Não precisa disso, podemos te ouvir!

Erasmo larga o copo e, movimentando os braços como numa dança do ventre, sobe na mesa e sussurra com voz de fantasma:

— Por que perturbam o meu descanso?

— Viu? Podemos te ouvir claramente! — insiste o médico.

— Me ouvem? Me veem? Mas podem me sentir? Alguém aqui pode me sentir?

— É o que estamos tentando fazer, Erasmo — prossegue o psicólogo — Então, você lembra do que morreu?

Em silêncio, Erasmo recorda o momento trágico, quando as ideias sumiram e seus dedos congelaram na velha máquina de escrever.

— Morri de inspiração... Na verdade, da falta dela.

— Então foi asfixia? — ironiza um dos enfermeiros, sendo repreendido pelo médico.

— Tô cansado disso. Vocês dizem que é pro meu bem, chamam de "Sessão Psiquiátrica", mas bem sei que não é. Todo mundo de branco... Tá bom! São sessões espíritas! Um bando de sensitivos metidos a besta. Estudo da alma... Medicina da alma... Psicologia, Psiquiatria, Mediunidade??? Dá tudo na mesma! — reclama Erasmo, chutando o copo e sentando-se sobre a mesa. — Querem estudar a alma? Invoquem a Freud. Será um ótimo objeto de estudo e um excelente orientador ao mesmo tempo. Cadê? Quero tratar de uns assuntos com ele. Onde tá? Cadê Freud?

— Aqui, Erasmo. Freud está ali... e aqui — responde o psicólogo, apontando para a prateleira de livros e à própria cabeça.

— É? Como ele entrou? Também posso incorporar no senhor?

— Como faria isso? — intervém o psiquiatra.

— Dá licença Freud, estou entrando!

E num salto súbito, partiu pra cima do médico, espremendo-o contra a parede. Os dois seguranças — ou melhor: os dois enfermeiros — correram em socorro do médico, agarrando Erasmo e o imobilizando na maca.

— Preparem o eletrochoque! — foram as ordens do psiquiatra aos enfermeiros — Por que você me agrediu?

— Não fui eu! Foram as paredes!!! Elas sempre fazem isso comigo.

Naquele dia, Erasmo passou por longas e dolorosas sessões de eletrochoque que mais pareciam sessões de tortura, uma sádica vingança à frustrada tentativa de "baixar no corpo" do psiquiatra.

Deitado na maca, imagina-se capturado pelos Caça-Fantasmas, com aqueles raios de prótons[3] penetrando todo o seu corpo

[3] *Ghostbusters*, 1984. No filme, criaturas do além podiam ser capturadas por armas de prótons, usadas pelos Caça-Fantasmas, e aprisionadas numa armadilha lançada ao chão: uma pequena caixa que, quando aberta, sugava o fantasma ao seu interior, trancando-o lá dentro.

"*ectoplasmático*", até ser sugado pela armadilha. Preso dentro de si mesmo, após excessiva carga de choque, Erasmo está boquiaberto, ainda na maca, enquanto a enfermeira termina seu banho com uma esponja úmida.

Recorda sua juventude em Brasília, cidade de infinitas "tesourinhas"[4], dos vinhos sobre a pira e o balançar da bandeira lembrando o mar. Pensava na Lapa: como era caoticamente inspiradora e barulhenta. Também lhe veio a imagem daquele dia em que as ideias perderam-se no labirinto de sua mente e a máquina de escrever parou. Agora, um fantasma aprisionado no próprio corpo, vegeta sobre a maca e pensa... apenas pensa. Na sua imaginação, é capaz de escrever sobre qualquer coisa — histórias, poesias — mesmo sem organizá-las num papel, mesmo que para si mesmo, nas paredes do córtex cerebral, bem na Área de Wernicke[5] — o que não fazia a menor diferença, já que a tia era sua única leitora. Olha, pela última vez, as paredes brancas que o cercam e, finalmente, consegue atravessá-las.

POEMA IMAGINADO POR ERASMO
E PSICOGRAFADO POR ELE MESMO:

Olho um quadro e me impressiono com a parede
Vago à noite e admiro a luz do poste
Diz te amo, mas espero que me mostre
A saída, pois estou com muita sede.

Vou beber água na casa aqui da frente
Busco algo, sem saber nem mesmo aonde
Vou a nado pra evitar andar na ponte
Volto andando pra ver tudo diferente.

---

[4] Como são chamadas algumas rotatórias de trânsito em Brasília.

[5] Região do cérebro humano responsável pelo conhecimento, interpretação e associação das informações, mais especificamente a compreensão da linguagem.

Não há nada que eu ainda queira tanto
É tudo igual, assim, prefiro o esquecimento
Corro rápido pra sentir, no rosto, o vento
Grito e vejo se ainda me espanto.

Não há nada a acrescentar neste meu pranto
Não há nada pra dizer, por isso penso
Mas o nada me parece tão imenso
De tentar chegar a nada eu me canso.

ENSAIO SOBRE O FIM

O que realmente nos sufoca? O outro ou as nossas vontades?

Às vezes, parece desejarmos que nada dê certo, tão somente para justificar outros desejos. Mantemos Prometeu preso numa rocha, vendo o fígado ser devorado por águias, corvos, álcool, remédios, dia após dia, só pra ver no que vai dar...

I

À noite, sonhou: uma escada adiante, ela, sentada, tocava violão com pose de *pop star*.

— Basta subir — eu falava — São onze degraus apenas. Não fica curiosa em ver o que há lá em cima?

A escada que John Lennon subiu dizia-lhe um "*Sim*"[6] ao final. A escada de um outro João, o do pé de feijão, levava-o a um mundo de gigantes e ovos de ouro. A escada de Ícaro, na verdade, foi o seu precipício.

— Estou '*rempli de moi même*' — ela respondeu.

Na escada que John Lennon subiu havia um cupido com os olhos puxados e um dardo em prumo. Na de João, uma ave estranha com seus ovos fantásticos. No sonho de Luiza, uma criança, mas ela jurava que era um anjo. Ou seria Ícaro?

Almoçamos juntos, pensamos em escrever algo juntos, escolhemos uma árvore de natal juntos.

Naquela noite abracei-a com força, enquanto ainda dormia, antecipando a despedida. No fim daquele mesmo dia, me chamou para conversar...

[6] Refere-se à obra *Ceiling Painting,* de Yoko Ono. John Lennon conheceu Yoko numa exposição da artista, em 1966, no Indica Gallery, Londres. Lennon teria visto uma escada de pintor no meio do salão e, subindo na mesma, deparou-se com a palavra *"Yes"* (Sim) pintada no teto, em letras minúsculas. Dizem que seria essa obra a responsável pela união do casal.

II

Quando ela se foi, uma música não saía da minha cabeça — a todo momento, um coro me vinha à mente e seguia numa lembrança vaga, quase sumindo do resto da melodia. Era como se a cantarolasse apenas em pensamento, já que não conseguia pronunciar uma palavra. Cantava, digo, pensava nela no chuveiro, no trânsito, no bar, do despertar ao adormecer, com pequenos intervalos para o cigarro. Era só fazer um silêncio e lá vinha o corinho de vozes tristonhas: *Freeeeeee... as a Bird...*

John Lennon havia deixado essa canção inacabada, em 1977, numa fita caseira encontrada em seu apartamento. Os demais Beatles a finalizaram e gravaram, dezoito anos mais tarde, quando, finalmente, *Free as a bird* ficou livre.

Liberdade é algo quase mágico. Ser livre é ser feliz, não?! Livre como um pássaro... Talvez fosse assim que gostaria de ser, mas a melodia, tão melancólica, lembrava bem mais o meu estado emocional. "*Ser*" e "*Estar*" só são a mesma coisa em inglês.

Free as a Bird é uma música triste. Talvez tão triste quanto o canto de uma Juriti, nostálgico, nas manhãs do campo. Não sei se os britânicos conhecem essa ave, mas, certamente, era a ela que Lennon se referia na canção. Quando percebi, a liberdade mais me parecia uma gaiola.

Tentei, ao máximo, conter as lágrimas. Criei uma verdadeira represa em torno dos meus sentimentos para que nenhuma gota caísse. Presas lá dentro, logo inundaram tudo. A alma ficou encharcada, pesada demais para voar... livre como um pássaro.

Bastou um olhar para que a represa cedesse e visse tudo aquilo aprisionado jorrar em duas infinitas cachoeiras. *Freeeeeee... as a bird...*

Cachoeira bonita é a que escorre diante dos olhos, não deles.

III

Numa cachoeira do Horto onde, pela primeira vez, nos desejamos. Um frio de lascar, mas os corpos, quentes. Agora, esse balde d'água gelada lembrando que já fomos expulsos do Paraíso, com o gosto do fruto proibido ainda na boca.

Ela disse:

— Deus deve ser um sádico: coloca no meio do Éden um fruto tão suculento e nos proíbe de saboreá-lo.

Ou seria isso uma prova de amor? Abrir novos caminhos? Dar-nos a liberdade de escolha? Não havia cercas em torno da árvore e o fruto estava tão acessível...

Salvo para aqueles que enxergam os livres resultados de uma ação como um "castigo divino", o que observo no Éden é a escolha daquele casal em abrir uma porta nova e se deparar, ao passar por ela, com outras portas novas e mais escolhas. A transição de uma vida instintiva e, por assim dizer, inocente, para uma vida de responsabilidades e outras "novidades" que desconheciam até o momento, mas que, agora, tinham que administrar.

Não foi o mesmo que aconteceu à Pandora? É triste pensar que a única coisa que ficou presa em sua caixa foi a Esperança.

Para Ícaro, voar valia a pena. Os deuses não o castigaram, tampouco o Sol. Aquele que sonha em voar, sempre sonha alto. Mas... quem está disposto? Quem acha que vale a pena? Que se lance ao ar, mesmo que as asas não aguentem.

Quando Adão saiu dizendo por aí que estava sendo punido pelas escolhas que fez, o que ele queria mesmo era retornar aos tempos da inocência, da ignorância, onde bastava ter fome e comer, ter tesão e comer, ter sono e dormir. E foi por pura malandragem que botou toda a responsabilidade de suas decisões nas mãos de Eva.

Mais um balde de água fria e retorno ao Paraíso, em uma cachoeira no Horto, eu e ela discutindo a origem do mundo — num primeiro beijo que durou mais de dois anos. Depois disso, o frio se foi juntamente com ela. Somente aí consegui entender por que, para Luiza, Deus era um grande sádico: aquele deus que ela havia criado ali, à sua imagem e semelhança.

IV

Uma nova porta foi aberta e batida, com força, na minha cara. Partiu sem sair do lugar, sentada na cama, enquanto eu abandonava lentamente o seu quarto. Mesmo assim, na imagem que guardo, é ela que vejo partir. Subiu os onze degraus de seu sonho e voou.

Recolhi o que era meu do armário, do varal, do banheiro... meus chinelos, o pé de pimenta, o filme que não deu tempo de ver. Acendi um cigarro, devolvi suas chaves e, assim, ela se foi, sentada no mesmo lugar, em silêncio, enquanto eu batia a porta.

O que Ícaro imaginou, em pleno êxtase de alcançar os céus, ao perceber que a cera não era capaz de sustentar as asas? Tampouco as asas, de sustentar os sonhos...

— Um pouco mais, por favor. Só um pouquinho mais.

Igualmente frustrado ficaria John Lennon se, ao final da escada, Yoko tivesse lhe deixado um *"Não"*.

Após o primeiro beijo que durou dois anos, não sabia mais o que era estar comigo mesmo e minha "auto companhia" era um tanto chata. O cheiro dela ficou entranhado em tudo o que via ou no que pensava: no café da manhã, num filme da TV, no tamanho da minha cama e no espaço que sobrava dela. Caminhar pela rua, passear no Jardim Botânico, naquilo que comia, nas pessoas que comia, em tudo sentia o perfume — ao som de *Free as a Bird*, que também tinha o seu cheiro. Até mesmo nas coisas de que ela nunca havia participado, como a mesa de um bar junto aos amigos. Ela nunca gostou de bares. Acho que pela falta de uma imagem sua nesse ambiente — ou por saudade mesmo e vulnerabilidade etílica — sentia uma irresistível vontade de telefonar, de vê-la... Logo, passei a evitar os bares, por desculpa para beber em casa, igual ao ex-tabagista que pede apenas um traguinho. Longe da multidão de conselheiros e estoicos e de tudo aquilo que grita "sorria, não vá, não liga, é assim mesmo", mandei toda a minha dignidade pras *cucuias* e telefonei.

Meio a longos minutos de silêncio e algumas palavras contidas — sem deixar escapar nem a mágoa, nem a alegria do momento — resolvemos fazer o que nos pareceu melhor: desligar o telefone e nos encontrar.

— Oi.

— Oi.

E foram as únicas palavras ditas naquela noite, depois nos perdemos. Boca com boca e por toda parte, pele, suor, sussurros, arrepios, mistura de odores e sabores e salivas e hormônios, corações acelerados, sangue, sêmen, sumos, possuídos pela carne, pelos corpos, embora fossem sentimentos.

Beijei-a com raiva, abracei-a com ódio, furioso por amá-la tanto. Dormiu agarrada em mim, com os dois braços, as duas coxas e o queixo. Ícaro não teve a sorte de pousar sua cabeça em um travesseiro de plumas. Pensei em sair, sumir, voar, mas já havia perdido as asas. Eu mesmo as depenei, pena por pena e sem pena, só pra ficar deitado ao seu lado, como atalaia, vendo-a dormir com o queixo fincado no meu ombro.

Sonhei, sem nem perceber que dormia: uma porta adiante e uma pergunta no ar:

— O que vai fazer?

Olhei novamente e a porta era ela, dormindo, corpo nu, dividindo o ambiente como aquelas portinhas de bar em filme de *bang-bang*.

— O que vai fazer?

Sem querer responder, nem recuar... Ou talvez quisesse, mas mudei de ideia ao tocar a maçaneta. Transpor a porta? Olhar pela fechadura? Esperá-la acordar, talvez... Dei a volta, sentei à janela, fumei um cigarro, atravessei a parede...

V

Quando se retorna a um relacionamento, o maior erro é querer saber com quem o outro esteve nos tempos do exílio. Pior que saber é imaginar. Ser *voyeur* do passado alheio como se o vivenciasse no agora, confundindo os tempos, dando um rosto à história. Se não há fetiche algum nisso, então...

No café da manhã, discutimos. No almoço, nos ignoramos. No final do dia, estávamos tão cansados que só nos restavam os braços um do outro. A *bandeira branca* foi o lençol estendido sobre a cama, roubado dos fantasmas que nos atormentavam durante o dia. Uma vez sem lençóis, fantasmas tornam-se invisíveis. Que sigam o nosso exemplo e descansem em paz.

VI

O dia seguinte amanhece em flores, com canto de sereias à janela. Deitado de costas para ela — não por mágoa, mas por me mexer muito durante a noite — sinto o calor de sua pele tocando-me o dorso.

Sempre funciona, ela sabe disso. Acorda, retira a blusa, encosta os seios em minhas costas. A mão desliza suave por meu abdome, aguardada ansiosamente em seu destino, de forma pulsante, enquanto forjo um sono profundo. Não demora para que perceba o fingimento. Recolhe a mão, afasta os seios e me aguarda. O fruto fora oferecido e retornamos ao Paraíso. A serpente desliza por suas pernas, lambendo o ar e o corpo, sussurrando aos ouvidos:

— Lancem mão das folhas que cobrem suas vergonhas. Dispam-se e comam o fruto que quiserem.

Luíza quer suco de maçã batido com folha de couve, mamão com coalhada, granola e macadâmia, um café expresso com espuma de leite, ovos cozidos, pão na frigideira e mais um expresso.

Ela sabe como me acordar, conhece as minhas fraquezas. Tudo isso só para pedir o café da manhã na cama. Certa de que já estou "animado", interrompe a trepada, dá três piscadinhas rápidas com os olhos, abre um sorriso e mostra suas verdadeiras intenções, numa voz manhosa:

— Tô com fome!

Eis o canto da sereia! Mesmo sabendo os seus propósitos, deixo-me levar, voluntário às armadilhas de seus cortejos. Não há sacrilégio algum nisso. Quem não gosta de acordar assim? No fundo, no fundo, todos nós somos um pouco *utilitaristas*. Servirei os seus manjares numa bandeja sobre a cama, cheio de segundas intenções, como pescador que alimenta a presa no propósito de fisgá-la. Será a minha vez de cantar a sereia. Aos passos de suas artimanhas, interrompo o café, dou uma piscadinha com o olho e falo numa voz canalha:

— Tô com fome!

VII

Meu Deus, como sou feliz por estarmos juntos novamente. Por que isso não me basta? Quero curtir a manhã no Paraíso, sem serpente nem fruto proibido. Quero simplesmente olhá-la e gozar da alegria de olhá-la, ao amanhecer, com o canto da sereia à janela e sua fome matinal. Mas o que faço com a lembrança?

Às vezes, para uma cicatriz voltar a ser ferida, basta coçá-la. No momento, sinto-me numa cama infestada de pulgas: a insegurança por unhas, o medo por garras e um verdadeiro comichão de dúvidas.

Perco o sono, inquieto — ora por calor, ora por frio, ora por pulgas. Descubro os pés, me coço um pouco, vejo-a dormir, tranquila... como se nada houvesse acontecido. Quando ela dorme, parece que tudo fica bem. Fumo um maço inteiro de cigarros, sentado na cama, sem sono, sem ânimo e sem saco pra ver TV. Tento escrever umas linhas... as únicas coisas que me vêm são interrogações, um conjunto delas.

Existe um abismo entre o mundo real e o ideal onde nem a filosofia, nem mesmo os sonhos conseguem transpassar. Só a mentira. Somente ela é capaz chegar ao outro lado, e o Amor é o mentiroso mor, quando nos leva a crer que será eterno... que vai ficar tudo azul — sendo bonito mesmo, o vermelho.

Talvez eu deva assumir que sou uma pessoa desconfiada de tudo ou, então, que estou completamente cego, mas viver entre as duas coisas não dá, me deixa inseguro.

Interrogações, interrogações, interrogações! Abram a janela, por favor. Uma varanda ou um quintal.

És divina, ó Dúvida! Por que me vens como labirinto? À porta, o novelo de Ariadne[7], abandonado e consumido pelo tempo, guia-me corredor adentro até me ver completamente perdido. Me compadeço do Minotauro, coitado. Imagino a angústia de viver preso naquele lugar. Teseu, na verdade, foi misericordioso. Só esqueceu de recolher o novelo ao sair, deixando rastros e a porta aberta.

Ciúme é o "Assassino", falado de trás pra frente, na boca de uma criança em transe, num filme de Stanley Kubrick[8]. É preciso apagar os rastros ao sair do labirinto e, sempre que possível, evitar espionar o quarto 237. É tão irracional quanto o Amor, mas esse último se assemelha mais a Ícaro, que após se ver preso no labirinto de Minos, taca o foda-se aos conselhos de Dédalo e se lança aos ares. Com certeza, valeu a pena.

Porém, no labirinto em que me encontro, o da insegurança, lembro-me do que fora escrito por Borges, em "Dois reis e dois labirintos":

> *"Ó rei do tempo e substância e cifra do século, na Babilônia desejaste que eu me perdesse num labirinto de bronze com muitas escadas, portas e muros; o Poderoso teve por bem que eu, agora, te mostre o meu, onde não há escadas a subir, nem portas a forçar, nem cansativas galerias a percorrer, nem muros para que te vedem os passos".* [9]

E partiu o rei dos árabes, abandonando o rei da Babilônia no meio do deserto, sem referência nenhuma a não ser o sol. Ícaro, com certeza, foi sábio.

---

[7] Princesa de Creta, filha do rei Minos. Segundo a mitologia, teria dado um novelo de lã para que Teseu não se perdesse no labirinto.

[8] Referente ao filme *The Shining (O Iluminado),* de Stanley Kubrick, 1980.

[9] Em *O Aleph*/ Jorge Luis Borges. Tradução de Davi Arrigucci Jr. 5ª reimpressão. São Paulo: Companhia Das Letras, 2012, p.123

VIII

Terminamos novamente e é para sempre... Voltamos — que seja eterno... Por que, num relacionamento, nos apegamos tanto aos extremos? Tudo é para "todo o sempre" ou "nunca mais!". Não existe "de vez em quando", nem "por enquanto"?

— Te amarei a partir da semana que vem, menos nas segundas-feiras, quando pretendo me dedicar à apatia. Mais tarde, conversaremos sobre o Carnaval.

Se assim o fosse, se tivéssemos tal controle à mão, eu simplesmente acordaria. O amor nada mais é que um sonho longo, onde se idealiza tanto o outro a ponto de se tornar difícil aceitá-lo assim como ele é. Amamos a ideia, não a natureza, aliás, a ideia sempre antecede o amor. Há "semideuses" e "musas" ocupando os corações apaixonados, antes mesmo que existamos para estes. Logo, logo, sou impelido a preencher um espaço muito maior do que eu. Esse não sou eu. Afinal, quem sou?

O plebeu ocupa o lugar do príncipe. A plebeia é capa da *Playboy*. O soldado vira guerreiro e o açougueiro, latifundiário. O escritor vive a personagem, já o poeta sofre. E todos acreditam que será para sempre, que o "feitiço" é eterno e o final, feliz. Porém, todo fim é triste: o final da vida é o luto — e é triste. O final da amizade é a briga — e é triste. O final do dinheiro é a fome — e é triste. O final da saúde, o câncer... Por que seria diferente com o amor?

IX

No início, toda pessoa apaixonada enxerga o outro como tudo aquilo que sempre sonhou. Depois, passa um bom tempo polindo-o, para que caiba nos moldes do sonho. O que difere, ou seja, aquilo que é o outro, um dia, acaba com o sonho.

Deixei de ser o mesmo sendo eu mesmo, como se houvesse usurpado o amor já predestinado a um outro eu "divino" e muito além do que sou. Aliás, quem sou?

Gostava de mim, dizia, porque eu era livre. "*Tua carta é o Louco*", tinha certeza que sairia o Louco ao jogar-me o Tarô. Na ocasião, estávamos em Búzios, de frente ao mar, de costas pro mato, longe de qualquer engarrafamento, buzina, vizinho ou infiltração na parede. Um pedaço do Éden antes do bem e do mal, do sim e do não, onde tudo era mais fácil, aceitável e apaixonante.

Ela disse:

— O que me atrai em ti hoje, será motivo de brigas amanhã.

E assim sucedeu, conforme premeditara: virou as cartas sobre a mesa e saiu o Louco, mas tenho certeza que ela esperava o Mago.

X

Relacionamento é isso: duas ou mais pessoas diferentes ocupando um mesmo espaço. Qualquer outra coisa chama-se masturbação. Os seres "olímpicos" idealizados — os deuses forjados a nossa imagem e semelhança — são apenas cópias melhoradas de como nos vemos ou desejamos ser, e isso, sinto muito, aprendemos com Narciso.

Qualquer semelhança é mera repetição, mas o diferente completa. Não precisamos de espelhos, e sim, de pinturas. Abduzam-me, mas não me clonem, levem-me a um mundo novo, com povos diferentes e costumes estranhos. Prefiro algo absurdo a ter que acordar todo dia com alguém igual a mim. Isso é pior que a solidão.

O ser humano é um bicho que anda em bando, alcateia, matilha, bloco de carnaval, sindicato e manifestação contra o Governo. A gente gosta de suruba, churrasco, boteco... Fazemos rodinha pra fumar baseado, tocar violão ou dançar em torno da fogueira. Até os mais extremos misantropos ou eremitas que ousaram viver no total isolamento acabaram, por fim, dando um jeito de socializar-se, ou com os bichos, ou com as plantas; ouvindo fantasmas, deuses e vozes; conversando com pedras, coqueiros, búzios, demônios; seduzidos por sereias, escrevendo nas paredes suas façanhas e histórias, para que, um dia, alguém soubesse que existiram.

Necessitamos do outro, carecemos de estar conectados, plugados na tomada. Somos côncavos e convexos, esperma e óvulo, pau, buceta, dedo, língua e cu. Precisamos do sexo oposto, ou do mesmo sexo, contanto que nos encaixemos. É assim que nos reproduzimos, é assim que nos divertimos. Temos psicólogos, prostitutas, gurus, entidades. Ficamos loucos na solidão absoluta, pergunte ao Minotauro! Questione a Adão, antes de ser-lhe furtada a costela.

Pergunte a Elias que, escondido numa caverna, conversava com Deus e era alimentado por um corvo. E por que não a Jesus, no deserto, tentado pelo diabo?!

Observava, mais cedo, uma mulher sentada numa roda de amigos, na mesa de um bar, cercada de gente. No entanto mantinha-se conectada ao bate-papo de seu *smartphone*. O mundo anda carente de contatos, mesmo que virtuais. Dormimos com a televisão ligada para ouvir as vozes e pensar que não estamos sós.

Eu prefiro dividir a cama. Gosto da carne, da pele, do suor, da saliva. Escolho acordar com alguém falando ao meu lado a despertar com um barulhinho de mensagem vindo do celular ou computador. Gosto de seus seios encostando na minha pele. Adoro a forma como me diz bom dia. De toda a energia que emana após um café expresso, dos projetos e viagens que surgem, somem e se ampliam, após o segundo café.

Ela me pergunta por que "insisto em achar" que a amo. Por que mesmo? Conhecemo-nos há mais de dois anos, a partir daí, é um mistério. Deve haver uma espécie de magnetismo, feitiço ou feromônio... juro que se eu soubesse, certamente, evitaria. E qualquer tentativa de lhe responder, pode ter certeza, vai soar um tanto cafona! O amor transcende e, embora seja possível se falar sobre — mesmo que desnecessário ou faltem palavras — no máximo conseguiria resumi-lo a um simples "Eu te amo", ou narrar momentos incríveis que passamos juntos e como minha libido aflora quando a vejo.

Ela sempre repete:

— Não existe amor, existem provas de amor.

Estarmos juntos até hoje não seria uma prova dessas? Nada nos prende a não ser a vontade. Divergimos em conceitos, desejos, no horário do sono. Temos idades diferentes, um tempo diferente, pensamos diferente.

Existem semelhanças, lógico, no entanto nada se prova com elas. É na diferença que se mede o sentimento, na insistente vontade de conviver com o diferente. O resto, repito, é narcisismo.

XI

Enxerguei-me nos seus olhos. Não o meu reflexo, mas o que viam. Eu estava lá, sendo visto por eles, por trás deles, capturado em pensamentos. Perco-me na imensidão azul entre o mar e o céu, uma hora, laranja como que em chamas, depois, negra e salpicada de estrelas.

No momento — não em Búzios, mas no cinema — estamos deitados num *lounge*, quase dentro da tela, assistindo a *Oceanos*[10]: a imagem sai do fundo do mar até alcançar a superfície — agitada por albatrozes entre mergulhos e decolagens — para, dali, o céu e o espaço... O mesmo ocorre com nossos olhos, perdidos um no outro, clamando para que os lábios se toquem.

Pobre Medusa, filha das divindades do mar. Ao contrário de ti, tudo o que é pedra torna à vida diante dos olhos de Luiza e, a cada serpente em seu cabelo, um novo fruto proibido é oferecido. Também tu foste seduzida pelas águas, aos cortejos de Posseidon.

Quanto a mim, de longe ouço o canto da sereia, no Paraíso ao fundo do oceano... Aquele lugar infinito onde me perco: no labirinto dos seus olhos...

[10] Filme *Océans (Oceanos),* de Jacques Perrin e Jacques Cluzaud, 2010.

Frank Zappa

YUSSEF FRANCIS KALUME

nasceu no Piauí, 1979. Estudou Jornalismo em Brasília, mudando-se para o Rio de Janeiro em 2005. Cineasta, fotógrafo, escritor, trabalhou em filmes como *Lula, o filho do Brasil* (Fábio Barreto), *Quase Memória* (Ruy Guerra) e *Deslembro* (Flávia Castro). Foi roteirista, montador e co-diretor do filme *Urutau, resistência Maraka'nã*, documentado por ele e outros seis cinegrafistas: a saga de José Guajajara Urutau, indígena que passou 26 horas sobre uma árvore, resistindo à desocupação da Aldeia Maracanã. O filme ficou um ano em exposição na mostra *Dja Guata Porã*, no Museu de Arte do Rio e, mais tarde, na XIX Jornada EBEP-RIO. *Ensaio sobre o fim* é o seu primeiro livro publicado.

este livro foi editado

no outono

de 2021